BÖGSKRÄCK

av Fred Andersson

Till Grzegorz.

© Fred Andersson 2019
Kontakt: fred.andersson@gmail.com
www.fredandersson.se
Titel: Bögskräck
Foto: © Grzegorz Fitał 2019
Pentagram: © Markus Widegren 2018

Förlag: BoD – Books on Demand, Stockholm, Sverige

Tryck: BoD – Books on Demand, Norderstedt,

Tyskland ISBN: 9789178511310

Förord.

Jag har alltid hävdat att skräck inte behöver vara skrämmande. Genren är mycket bredare än så och inbegriper ämnen och känslor som stundtals befinner sig väldigt långt ifrån spöken, monster och jumpscares. Ni kommer dock att få träffa alla former av naturliga och övernaturliga varelser i Bögskräck, med den gemensamma nämnaren att alla historier kretsar kring HBTQ-personer och inte nödvändigtvis homofobi.

Ett av mina absoluta favoritcitat kommer från Damon Knights bok Charles Fort: Prophet of the Unexplained, och lyder som följer: *"If there is a universal mind, must it be sane?"*. Jag tycker det representerar mina berättelser väldigt bra.

Anledningen att du håller den här novellsamlingen i din hand är på grund av Tobias Myrbakk, vars novellsamling På Andra Sidan Stigen imponerade stort på mig och fick mig att ta upp skrivandet igen. Andra som fungerat som katalysator för mitt skrivande är min make Grzegorz (vårt förhållande har inspirerat mer än

7

en novell i den boken), som även fotograferat omslaget.
Vi får inte heller glömma min käre vän Markus
Widegren, en fantastisk författare, musiker och kreativ
mentor.

Och på tal om omslaget, det är taget på Stockholms
bästa tillflyktsort för oss bokälskare; Antikvariat
Verklighetsflykt. Tack Joel för att vi fick barrikadera
oss i det inre rummet några timmar! Ni som läser detta,
se nu till att besöka honom på Storkyrkobrinken 44 i
Gamla stan.

Hälsa från mig!

Fred Andersson
Stockholm, 2019-12-01.

Cruising.

Det var en sådan där underbar svensk sommarkväll. På morgonen hade det regnat, men under dagen hade solskenet återigen torkat Stockholm fräscht och rent. Luften hade en nytvättad aura och runt omkring skrattade barn med munnarna smorda av allehanda äckliga, söta substanser. Tunnelbanetågets unkna lukt och nedgångna inre gjorde att jag kände mig smutsig. Jag längtade bara tills att dörrarna åter skulle öppnas och jag snabbt skulle kunna hasta upp till solskenet igen, förbi de av tuggummi nedfläckade entrédörrarna, ut i friheten.

Det var inte bara jag på tåget. Några studenter satt utspridda, troligen på väg till universitetet för att studera. Mitt i sommaren? Borde de inte hänga på balla caféer på Söder eller Kungsholmen eller... jag vet inte. De flesta var djupt försjunkna i böcker eller med näsan in sina smartphones. Varför kan de inte njuta av livet någon gång? Inte bara sitta med näsan i torra böcker, sippa på smaklöst te från en smaklös automat och tugga på en bit torr kanelbulle för att liva upp sina trista liv.

Inte helt oväntat fanns det också vanliga män där. Inga studier som väntade. Inga barn att passa upp. De flesta var ganska snygga, eller ja... Det ligger i betraktarens ögon som man brukar säga. Men de tänkte på sitt utseende. Tajta t-shirts, tajta jeans. Där fanns också en och annan skjortbärare, med osäkra blickar och nervösa rörelser, äldre män som troligen inte skulle kunna få något ändå, men kunde runka av sig och tråna över de skatter som kunde ha varit deras en gång i tiden.

Fördomarna handlar om att vi ligger med alla. Vilket vi inte gör. Långt ifrån alla. Men att bara gå ut i Frescatis djungel och välja och vraka kunde mycket väl vara dagens, eller veckans, höjdpunkt för många. Nä, Jag är inte desperat som vissa av de andra besökarna. Jag kunde mycket väl få det jag ville ha på annat håll. Internet. Klubbar. Pubar. Men att knulla i naturen är fantastiskt, speciellt med vackert väder, även om tunnelbanesmutsen kunde bli lite väl påträngande på vägen dit.

En av männen tittade upp. Han var i övre medelåldern någonstans, men såg ganska bra ut. Snyggt ansikte med raka linjer och inte allt för sliten hud. Såg ut att vara tränad också. Den lilla skäggstubben var avtändande, men han kunde ändå fungera som en nödlösning om det bara var åldringar eller överaktiva ynglingar där uppe på höjden. Jag känner till de flesta däruppe. Ibland dök det upp nya, men många var återkommande stammisar. Lite äldre och blekare för varje år. En del försökte föryngra sig med öststatsblondering och smink, men ett ansikte på fyrtio år är aldrig samma sak som en tjugoåring. För det mesta var det väl oss lite äldre som hängde där. De unga rumlade runt på sociala medier och appar som Flirtr och Snapchat och allt vad det heter. För min del har det aldrig riktigt fungerat. Jag vill gå ut och ta mitt byte. Välja och vraka på silverfat.

Illamåendet hade precis uppenbarat sig när dörrarna äntligen öppnades. Skyndade mig ut på perrongen och snabbt mot utgången, förbi studenter som såg mindre roade ut. Jag förstår dem. Vem vill hänga på en ansvarstyngd skola när det finns mycket trevligare sysselsättningar?

Första gången jag hörde om Frescati på heta linjen för många år sedan. Det tisslades och tasslades bland unga och äldre röster. Någon ville träffas i en närliggande park. Någon på en offentlig toalett, något jag personligen aldrig själv förstått charmen i, och några... ja, de pratade om Frescati. Det är ett naturskönt område. Nära till vattnet, mysiga kolonilotter och perfekt för en kvällspromenad med tillhörande orgasm. Att bege sig upp på det lilla berget är som att uppleva en naturdokumentär i verkligheten, det enda som saknades var David Attenboroughs lugna röst i bakgrunden. Först verkar det alltid vara lite tomt, men sedan började alltid killarna titta fram som skygga, sällsynta fåglar. Promenera förbi, snegla och titta och spana. En del väldigt blyga, en del otrevligt framfusiga. Kända och okända. På utbredda handdukar med en bok i handen eller kanske kuken, helt utan skam.

Det sägs att det skrivits en doktorsavhandling i kommunikation på Frescati. För en oinvigd är det som att ramla rakt in i en hemlig order där ingen riktigt vill avslöja det hemliga handslaget. Man får se och lära sig helt enkelt.

Förvånansvärt nog är bögknackarna få och man blir lämnad i fred. Ibland, men det är sällan, kan givetvis en tant med liten hund förvirra sig upp i skogen i tron att hennes ljuvliga promenad skulle sluta med en stillsam kopp kaffe på en bänk istället för att få beskåda en vuxen man som suger kuk bakom en buske.

Upp till trettiofem år är det lugnt, man är fortfarande välbevarad och åtråvärd. Men när man däremot börjar ta sig över fyrtio börjar det bli svårare. Jag har dock undvikit all form av skönhetsfixering, även om jag har hårdare krav på mina sexpartners än mig själv. Folk får köpa mina allt mer tilltagande rynkor utan att klaga. De vet att det är värt det, och givetvis måste de pröva för att se vad de annars skulle missa. Det är få som säger nej till mig. Träffar jag någon som är något äldre får de sig en yngre snygg kille och träffar jag någon yngre får de en man med erfarenhet. Alla blir nöjda. Även en gammal gubbjävel som jag själv.

Ögonen började tåras när kvällssolen letade sig in bakom de slitna solglasögonen. Jag kisade och försökte återfå synen. Sprang in på Pressbyrån och köpte en energidryck. Det stod en söt kille bakom disken. Han log åt mig och jag torkade tårarna med en pappersnäsduk som han gav mig.

"Fan vad varmt det är" lyckades jag klämma ur mig och han svarade något artigt, men intetsägande. Men han log fortfarande. Det där speciella leendet. Jag hade sett det förut. Han sneglade på klockan och jag insåg att det troligen snart var dags för honom att sluta för dagen.

"Nä, nu ska jag ut i solen... Men du får ha en bra dag!". Han var jävligt söt. Jag satte på mig solglasögonen igen och blinkade åt honom. Vet inte om han såg det, men jag såg till att tydligt gå i riktning mot Frescati.

Det var livligt uppe i skogen, mer killar än vanligt. Det rörde sig i skuggorna och ibland förde vinden med sig ett dovt sorl av de samtal och ljudet av erotiska möten som pågick. Jag gick min vanliga runda, genom åren upptrampad av nyfikna, desperata, kåta, förälskade, sugna och ibland otrogna män. Som en myrstig, med små avgreningar hit och dit. Jag valde

14

alltid samma runda. Varför förnya sig? Området var inte speciellt stort och man slapp trampa i använda kondomer eller kladdiga våtservetter. Killarna höll sig vid sidan om, oavsett om de var synliga eller inte. Lite längre bort kom den ensamme mannen, skogens ständigt återvändande desperata figur. Storväxt och med rullande, utstående ögon, taffligt framtumlande över snubbelvänliga rötter och kantiga stenar. Jag tror aldrig han får något. Han får inget av mig heller, men jag tycker ändå synd om honom.

Det finns inget som smärtar extra mycket som ensamma människor. De finns sådana som alltid strävar efter den eviga romantiska kärleken och sådana som mig som tycker om singellivet och knulla runt. Har testat på en fast partner en gång. Det fungerade i åtta månader, sedan blev längtan efter jakten för stor - och öppet förhållande var inget han ville kännas vid. Jag ville ute och erövra. Att dominera. Att äga. Att man kan vara ensam men ändå tillhöra en flock, den vackraste av gemenskaper.

Det går att befrias från ensamheten. Men det måste finnas mod till det och alla är inte lämpade. Ibland är man hungrig och vill ha något snabbt, ibland räcker det med att bara nafsa lite.

Den ensamme mannen skulle aldrig få komma med i gemenskapen. Ingen ville ha med honom att göra och på sätt och vis är det nog bara bra. Det är vi starka som ska finnas där. Utbölingarna ska hålla sig borta. De kan titta på, men det är allt.

Nu tittade han på mig också. Och börjar följa efter mig. Fan. Han vet att jag aldrig skulle ge honom gåvan. Men kanske kunde jag få användning av honom ändå… Jag log och lät honom smyga efter mig, även om hans klumpiga rörelser avslöjade honom hela tiden. Nu fick han sköta sig själv. Själv ville jag hitta någon.

"Vad gör en snygg kille som du på ett ställe som det här?"

Rösten kom från sidan, bakom ett träd, och klingade snart över i ett skratt - uppenbarligen åt den klyschiga repliken. Skrattet var mjukt och hjärtligt, fyllt av glädje och värme. Det var grabben från Pressbyrån. Det var nästan att jag rodnade. Han kunde inte ha varit mer än tjugofem, tjugosex år, oförstörd hy och vackra stora bruna ögon. Öronen stod ut lite, men inte att han såg fånig ut, bara gullig. Han var en sådan där kille man ville krama om hårt. Jag försökte stammande säga något tillbaka, men ut kom bara spruckna ord. Som om katten tagit min tunga. Eller grabben kanske. Han var långt ifrån en katt, mer en tränad jakthund med klara ögon och vita vassa tänder. Han tryckte sig emot mig, inga hämningar alls, och tog tag i mitt skrev. Han andades tungt och lät inte blicken lämna min. I bakgrunden såg jag hur den ensamme mannen satt kvar och tittade på oss. Jag lät blicken glida vidare för att hitta fler åskådare, men ingen annan hade upptäckt oss.

Vi kysstes, inte stelt och mekaniskt. Det fanns passion och hetta, våld, blod och sex. Jag fnittrade vid tanken på att stå ute i skogen och kyssas med en främmande man, trots att jag borde vara van vid det här laget.

"Vad ler du åt?" Frågade han och lät sina händer glida över min allt varmare kropp.

"Du är så jävla snygg bara..." var det jag lyckades haspla ur mig. Vilket trams. Som en tonåring igen. En tonåring som precis ska till och förlora sin oskuld. Det kändes overkligt, svettigt och dammigt, men jävligt skönt. Men allt gott måste få ett slut.

Det finns många myter och fördomar om sådana som mig. En sak som är fel är att vi bara kan förvandlas under fullmåne. Stämmer inte. Det handlar om viljekraft, och den finns alltid där. Speciellt när det handlar om rött, saftigt kött som bara väntar på att bli sönderslitet.

Jag höll fast honom. Tryckte honom mot trädet, slet av honom struphuvudet, hindrade honom från att skrika. Jag kände hur hans överarmar krossades i mitt grepp. Tomheten tog över hans vackra, bruna stora ögon och kroppen hasade ner mot marken, fortfarande med ryggen mot trädstammen. Han blev sittande som en marionettdocka utan sina linor.

Man får en annorlunda syn när förvandlingen har skett. Man ser allt. Jag tyckte mig se någon springa längre bort i skogen. Kanske någon som sett något? Skit samma. Den ende som var kvar var det ensamme mannen. Han tittade på den döda kroppen, sedan mig. Vågade inte röra sig, som om jag inte skulle se honom om han satt helt still.

Blodlukten lockade och jag grävde ett hål i bröstkorgen, bände loss ben och senor, stoppade ner nosen, ända till ögonen, ner i köttet och började äta. Snart var hela min överkropp täckt av blod och jag kände mig mätt och nöjd. Det pulserade fortfarande långsamt från den avslitna halspulsådern och jag slickade lite där också. Noggrant. Det skulle dröja tills nästa gång. Bäst att passa på.

De ensamme mannen försökte röra sig, kanske krypa iväg. Jag vände mig om och sprang mot hans klumpiga kropp som låg där på marken. Hans fingrar klamrade sig fast vid rötter och mylla när jag skulle vända upp honom för att kunna se hans skräckslagna ansikte. Han såg ut som om han sett döden själv. Kanske han gjorde det också. Han kunde inte säga något. Bara andades snabbt och blinkade av svetten som rann över ansiktet och ner i ögonen. Lukten äcklade mig. Hade han skitit på sig också?

Jag lutade mig över honom och förvandlades gradvis tillbaka till min vanliga mänskliga form. Han försökte dra sig undan och blundade hårt av ren fasa.

"Du verkar ensam. Det är något jag kan bota. Du kan aldrig bli en av oss, men om du går fram till honom..."

Jag nickade mot den olycksalige Pressbyråkillen som satt där blodig och med inälvorna rinnande från magen.

"...Han kommer inte att protestera, och börjar att äta lite av hans kött, så kommer du aldrig att bli ensam igen. Du kommer att möta nya vänner. Du kommer att bli älskad och beryktad. Omtyckt och hatad. Men du kommer att finnas till. Du kommer att existera. Se bara till att stanna kvar."

Jag smekte honom över kinden med de av blod fuktiga klorna.

Mannen nickade nervös, men han förstod. Han hade ett mål med livet.

"Då så. Iväg med dig. Och kom ihåg att jag alltid kan spåra upp dig. Mitt luktsinne är lite bättre än snutens..."

Jag sade det med en skämtsam ton, men menade allvar. Tjallade han skulle han bli mat. Tog han på sig ansvaret skulle han få den uppmärksamheten han ville ha och aldrig mer bli ensam.

20

Dags att bege sig av nu. Flocken kallar, dags för rådslag.

Jag har ett rum.

Inga tjockisar. Inga asiater. Inga gamlingar… han bläddrade snabbt förbi de av egon uppsvällda bilderna på Flirtr: barbröstade män med solglasögon och leende vänner i bakgrunden, ett par fula selfies snett nerifrån, lågupplösta och oattraktiva. Här och där några studiofoton, vit bakgrund och ännu vitare tänder. De flesta skrev vad de inte ville ha, och listan bara fortsatte med oönskade inslag inom deras värld av ragg. Inga håriga. Inga smala. Inga unga. Skriv bara om du är mellan 23 och 32!

Till slut kunde han inte göra annat än att le åt vansinnet. Negativiteten verkade ha tagit över. Det fanns liksom ingen spänning längre eftersom alla redan visste vad de inte ville ha. Varför inte fokusera på motsatsen? Nåväl, det är som det är, inget att göra något åt. De vandrar åt ett håll och han åt sitt. Shit, hur länge hade han egentligen haft den här appen? Fem år? Tio år? Och aldrig träffat någon?

Eller jo, absolut, visste hade han träffat killar. Flera gånger. En snabbis här och där, något några trevande försök i soffan, några där det inte fungerade alls. Men aldrig den där stora, fantastiska, träffen. Den som skulle förvandla hela hans tillvaro. Träffen med stort T. Mannen med stort M. Pojkvännen med stort P.

Det gjorde egentligen inte speciellt mycket. Men visste vore det kul någon gång, bara för att få kittla hjärtats romantiska trakter. Bara lite, lite grann. Nä, skitsamma. Han log och fortsatte att scrolla neråt, förbi välbekanta ansikten som han sett där under alla år men som han aldrig skrivit till och som aldrig skrivit till honom. Drömma går väl an, men varje gång ljudet av notifikationen skar i hörselgångarna visste han att det var ljudet av besvikelse. Besvikelse med stort B.

Styrde han det där själv egentligen? Var det hans egen negativitet i form av någon kvantfysikalisk trollformel som såg till att han aldrig hittade den rätte? Finns den rätte överhuvudtaget, eller är det en social konstruktion som har fått oss alla att inbilla oss att vi behöver någon? Är kanske alla den rätte på något sätt, ett universum av ansikten och personligheter som nuddar varandra lätt genom sociala appar, dejtingsidor och kontaktannonser?

jag har ett rum.

Namnet stack ut mellan alla initialer, top hit och top dit, bottom sökes och bottom finnes. Passiv och aktiv. "jag har ett rum", enkelt skrivet och ingen stor bokstav. Vad är det för ett rum, undrade han, och tryckte på profilen som inte hade någon bild. Kanske ett rum att träffas i, eller ville han hyra ut ett?

jag har ett rum.

Det var svårt att släppa namnet. Det liksom bara gnagde sig fast. Jag har ett rum. JAG HAR ETT RUM.

jag har ett rum.

Var det inte en profilbild där ändå? Något svart liksom mörkt och ofokuserat nyfiken ändå lite avvaktande, stod i skuggorna och tittade på honom som om det vore... tankarna började bli allt mer ofokuserade, abstrakta, svårt att fokusera, svårt att...

Han lade ner telefonen på glasbordet framför sig och satte den i viloläget, lutade sig tillbaka i den grå, massiva soffan och försökte trycka undan illamåendet som spred sig som en svampig massa från hans bröst

och ut i lemmarna och lederna. Det var nästan som om
det gjorde ont, men bara nästan. Det var skönt också,
den där balansen som uppstår mellan kärlek och ilska
när man blir rövknullad lite för hårt.

Spyan kom plötsligt och lade sig som en avlång, våt
katt i hans knä. Den sprutade ut. Han skämdes lite för
sina tankar, och på något sätt insåg han att spyan kände
samma sak. Den… han tappade greppet om världen.
Skakade på huvudet, tittade ner på katten och det var
en katt. Ingen spya. Det var hans katt. Sakta började
illamåendet krypa bort, krypa tillbaka in i honom. På
bordet framför honom låg telefonen. Han hade inte
hört notifikationen, men han hade fått ett meddelande.

jag har ett rum.

Det enda han kunde se från sin position i soffan var
en hälsning, kanske ett hej. Eller något sådant. Han
mådde bra igen och öppnade appen igen för att se vad
det var för ett meddelande. Fortfarande ingen bild,
ingen bild alls, och texten var lika intetsägande som han
hade förväntat sig: "hej jag har ett rum". Bara små
bokstäver och ingen punkt.

"Vad är det för ett rum du har?" skrev han utan att direkt förvänta sig ett intelligent svar.

Det dröjde några sekunder.

"mitt rum det kan bli ditt också". Återigen inga punkter eller stora bokstäver. Otroligt irriterande. Det blippade till igen. Ett nytt meddelande.

"kolla bilden hej då"

Idiot. Det var det enda han kunde tänka. Idiot. Det fanns ingen bild, eller ja jo, desto mer han kollade fanns det kanske något där, det där mörka, oformliga. Det var som om den gråa bilden... ja, det var en bild. Det fanns något där. Något som ville att han skulle titta närmare det stod någon där och kollade på honom log med breda vita tänder inte bred mun utan breda vita tänder och cirkelrunda vackra ögon gröna. Hahaha. Han skrattade högt. Kände berusningen inom sig, den där krypande, kittlande, vackra kärleken som han kände igen från sina rejvdagar, då man bara väntade på att kärleken skulle sparka igång. Vilken tid är kärleken egentligen?

Först var det svårt att stå upp, sedan kände han hur benen jordade sig vid parkettgolvet och han kunde stå

27

utan att tappa balansen. När ställde han sig upp? Han kunde inte riktigt minnas, men nedanför honom, precis under hans ansikte som nu var vänt rakt ner, fanns telefonen och appen var öppen som den skulle vara, som den alltid skulle vara från och med nu och där fanns den profilen han älskade så mycket jag har ett rum med sin gråa vågiga bild där det fanns någon långt där inne någon som väntade precis bara på honom någon som kanske kanske inte var den stora träffen träffen med stort t mannen med stort m pojkvännen med stort p.

Långsamt lät han sig falla rakt framåt, ner mot telefonen som väntade honom. Han slog aldrig i golvet, istället föll han inte längre utan reste sig upp från ett golv och tittade sig omkring. Rummet var grått och kvalmigt, väggarna pulserande och varma. Det fanns ingen dörr och inget fönster. Men det det behövde han inte heller. Han behövde inte allt det där onödiga han behövde bara den där som stod och tittade på honom från hörnen som inte använde punkt eller stora bokstäver men som log med breda tänder och en smal

mun och runda väldigt runda ögon vidöppna och glada
och kärleksfulla.

Massan rörde sig emot honom. Den sträckte ut sin
hand. Sina klor. Sitt vackra leende.

detta var kärleken detta var allt han hade drömt om
och när han höll den i sin hand blev allt så grönt så rött
så lila så blått och slutligen vitt precis som de breda
tänderna och de runda ögonen.

jag har ett rum. vi har ett rum. ett rum tillsammans
nu. puss.

Dött monster i hålet.

Han var väldigt liten och rymdes knappt på en lillfingernagel.

Det är glashalt precis där man går ner till tunnelbanan vid korsningen Fridhemsplan. Istället för att göra något åt isen nöjde man sig med att sätta upp en skylt som varnade för halka. Det var inte ens staden som gjorde det, utan Pressbyrån nere på hörnet. De var väl trötta på att höra kundernas klagande. Precis som det Stefan gnällde om när han lade fram en chokladkaka (som skulle föreställa en mycket sen lunch) och en alldeles för dyr energidryck på disken och väntade på att höra kostnaden. Fast han ville inte höra kostnaden, utan betalade utan att lyssna och haltade sen ut mot spärrarna.

Det gjorde fortfarande ordentligt ont och han inbillade sig att blodet rann nerför smalbenen och fläckade hans vita jeans spräckliga av rött. Han kände efter, fanns inget, men han skulle ändå lägga om benet när han kom hem. Eller Fredde kunde få göra det åt honom. Stefan log åt tanken, inte att Fredde skulle slava för honom, utan bara för att han visste att omtanken fanns där. Han hade inte mött en man som honom tidigare, och nu när det varit tillsammans i nästan fyra år kändes det som om det var dem för evigt.

Stefan trivdes bra i Stockholm, trots att det var den totala motsatsen till den håla han bott i innan. Kulturer, trafik, kaos och kärlek i en enda röra. En stad där ingen tittade snett på dem för att de höll händerna eller kastade primitiva glåpord efter nykära homos. Visst hände det, men oftast rörde det sig som människor från andra delar av Sverige. Bönder, som Stefan skämtsamt kallade dem trots att han själv borde kunna definieras som en sådan om han gick efter sina egna kriterier.

Nu var det som vanligt elektriskt haveri på Karlbergs station, vilket alltid hände när det var som kallast eller stressigast eller kombinerat. Tog han tunnelbanan mot Solna centrum skulle han kunna genskjuta ett fungerande tåg vid Ulriksdal och inte komma hem allt för sent. Han var en av de första som fått denna idé och tåget var trots kaoset på utsidan inte speciellt fullsatt. Stefan gled ner i ett hörn med en vulgär friskoleannons bakom sig och dörren nära till hands.

Det var då han såg den lilla texten, nedskriven med blyerts på ventilationsbläcket innanför rutan.

"Dött monster i hålet".

En liten skakig, darrhänt pil pekade mot ett av ventilationshålen. Han tog fram sin iPhone och tog ett foto av det märkliga lilla meddelandet. Resultatet, en extrem närbild där hålet syntes uppe i hörnet och texten längst med underkanten på fotot, gjorde honom nöjd. Det blev nästan vackert när han drog upp kontrasten en aning och sedan saturerade bort lite av det kalla tunnelbaneljuset. Han skickade det till Fredde med texten *"Läskigt, eller hur? ;)"* och nöjde sig med det.

Tåget gick långsamt på grund av något där framme, föraren kunde inte specificera mer. Kanske var det trängsel på stationen när alla andra tåg skulle plocka upp stressade passagerare som inte kom med sina vanliga transportmedel?

Den skulle ut på Facebook också och sekunderna sedan hade han laddat upp bilden på sin profil och väntade på lite lustiga kommentarer. Sedan såg han det. Något som glimmade i hålet. Det hade förstärkt av kontrasten. Zoomen var ingen höjdare, men det var något där inne. Något som tittade på honom. Stefan skrattade för sig själv och tittade sig omkring. En stålullskrullig tant tittade snabbt bort, generad över att ha varit för nyfiken. Det är bra att vara nyfiken, tänkte Stefan och fiskade upp det där gemet han glömt kvar i fick i några veckor nu. Inte mycket till gem kvar, utan ett surrealistiskt litet konstverk av böjd metall, men den dög som fiskeredskap. Fan, det var näst intill omöjligt att se ner i hålet med enbart ögat, men till slut böjde han änden på gemet till en liten krok och körde ner och runt tills att det fastnade något. Tanten tittade inte längre, hon trodde väl att det var ett terroristdåd på gång och ville inte vittna i onödan vid rättegången. Eller kanske brydde hon sig inte, det bästa sättet att leva sitt eget liv.

Ett svagt skrik hördes. Eller skrik och skrik, det var mer ett kvidande pip. Stefan stoppade rotande för ett ögonblick och lyssnade igen. Det var något – eller någon – som ojade sig där nere. Nu var det han som tittade sig omkring, mest för att för att se om det var någon annan som hörde. Vilket det verkade som om han var. Han tryckte ner gemet igen tills att det tog emot något mjukt.

Något började krafsa och väsa och han drog snabbt ut gemet igen och tittade vad som hade fastnat. Blod, det såg ut som blod. Fast mer åt vattenfärg, lite orange och väldigt tunt.

"Va fan?" Han kliade sig i skägget som knappt täckte hakspetsen och använde telefonen för att kika ner i hålet. Det var mörkt och suddigt, och istället för att försöka hitta något direkt tog han en bild och öppnande den i telefonens bildbehandlingsprogram. Ökade ljusstyrkan och där, med två stora ögon på en väldigt liten kropp, tittade en varelse upp mot honom. Ett monster, som någon hade skrivit, men ändå något som levde och andades. Det sträckte upp sina små händer mot ljuset och verkade ropa något, eller skrika. Nä, han visste inte. Det förde något ljud i alla fall, om det sedan kunde kommunicera var en helt annan fråga.

"Okej, vad är du för en liten filur då?" Han böjde sig fram och petade försiktigt ner gemet i hålet tills att han inbillade sig att han hakat i något, eller något hakat i gemet. Sedan drog han upp den.

Han hade fått sig ett litet monster på kroken.

Stefan knöt fingrarna försiktigt runt den lilla varelsen där den låg på handflatan och vred sig, och likt en mimartist som imiterar en servitör gled han ut vid nästa station och satte sig på en ledig bänk. Han öppnade fingrarna försiktigt och tittade ner på krabaten.

Det var en späd figur, med vitt skinn och ett huvud som säkerligen var tre gånger större jämfört med en människa. Tre armar, prydde varje sida och det fläckiga huvudet upptogs nästan helt och hållet av två stora, svarta ögon som sorgset tittade upp mot honom. Det rymdes knappt på en lillfingernagel, det var väldigt litet och Stefan insåg snabbt att han behövde något att bära det i. Handen och fingrarna var allt för farliga.

Monstret pep till och ställde sig upp på långa rangliga ben och sträckte upp alla sina armar mot honom och gapade. Inte hotfullt, men som om den ville ha mat.

"Vad äter du då, lillen?"

Här sitter jag och pratar med en insekt, tänkte han och slöt handen varsamt runt monstret igen och behövde ta sig hem snabbt. Han hade pengar på kontot och löningen kom nästa vecka. Det var lika bra att ta en taxi. Men först, en ask av något slag. Med darriga ben och en märklig kärlek i hela kroppen insåg han att detta var början på ett nytt liv.

Fredde var mindre entusiastisk.

"Det är bara en insekt, jag tänker överhuvudtaget inte titta i den där... lådan".

Han pekade med hela handen på tändsticksasken som Stefan hittat bara några meter bort på en annan bänk. Han hade först blivit stum av förvåning när en entusiastisk Stefan mött honom vid dörren med hemlighetsfull blick och med asken liggandes på handflatan. Droger var inget som direkt förekom i hemmet, men en matförgiftning skulle mycket väl ha kunnat få Stefans huvud att slå runt.

"Jag lovar att du inte kommer att ångra dig. Det är inget skämt, snälla!" Stefan blev blank i ögonen och Freddes humör börjar smälta en aning.

"Det måste vara en jävligt speciell insekt det här."

"Monster, det är ett monster. Det var det som stod skrivet på tunnelbanan."

Fredde skakade på huvudet, men tog ett djupt andetag och tittade ner i asken. Efter några sekunder satte han sig ner på golvet och började skratta. Han skrattade ännu mer när Stefan förde asken närmare honom och monstret kravlade upp på kanten och vinkade åt honom med något som liknade ett leende.

"Vad ska vi kalla honom?"

"Mats, tycker jag."

"Mats?" Fredde var lite fundersam.

"Ja, han måste känna att han är en av oss. Det är inget djur, det är något annat. Något med ett medvetande."

"Hur vet vi att det är en han?"

"Spelar det någon roll?"

"Nä, det är sant. Det spelar ingen roll alls. Mats it is."

Två veckor senare var Mats en halv meter lång och spenderade större delen av sin tid att sitta och kura på en låda i fönstret. På något vis spann han, fast det var mer som ett knattrande ljud från svanken. Han grät ibland, som om han saknade någon. Kanske sina föräldrar. Stefan började misstänka att det var något helt annat.

Stefan befann sig i en djup mörk djungel. Märkliga ormar hängde från träden, med långa tungorna som slickade marken. De åt insekter, små insekter med hovar och horn. Stefan sprang, men inte för att han var rädd utan för att han njöt av livet, av situationen. Framför honom, långt där framme, hörde han hur Fredde skrev och tjoade, lockade på honom. Hans kropp fylldes av glädje och snart bars han fram av dessa slav-insekter, som om han vore en myrdrottning. De bildade en paradgata och där framme väntade Fredde, blöt av naturens fuktiga jord.

Han vaknade upp med ett ryck och hörde hör Mats skrek, ett avgrundsvrål som letade sig in i varje por på deras kroppar. Fredde satte sig hastigt upp och började förvirrade snacka goja, som om han fortfarande befann sig i en dröm. Stefan vältrade sig ur sängen, försiktigt för att inte trampa på Mats som ibland brukade sova vid hans fötter. Men det var ingen där nu. Skriket kom från badrummet och något stort kastade sig mot väggarna där inne. De hörde hur spegeln lossnade från sitt fäste och gick i bitar mot det kaklade golvet.

Fredde var först fram och slet upp dörren.

Sedan skrek han rakt ut.

Sekunden senare slungades han bakåt, mot ytterdörren i andra änden av hallen.

Mats var stor, extremt stor. Hans kropp fyllde hela dörröppningen, och ögonen var röda av vätska som rann ner över hans vita ansikte. Han vrålade ut i smärta och började sedan stånga dörrkarmarna, sida från sida. Fredde kravlade sig upp i sittande läge och kröp sedan in i köket för att få någon form av skydd. Stefan mötte honom dör, via dörren mellan kök och sovrum och drog tillbaka honom från dörröppningen.

"Vad händer? Vad i helvete händer?" Fredde skakade i hela kroppen och Stefan kunde se hur något var fel med hans arm. Den hängde ner längst med kroppen och hans ansikte var vitt av chock.

"Vänta", Stefan ställde sig upp och tittade runt hörnet på det vrålande monstret.

"Jag fixar detta." Han vinkade åt Fredde att hasa sig längre in i hörnet, sedan steg han ut i hallen.

"MATS!"

Mats hörde inte, utan började hoppa upp och ner som en galning.

"MATS! FY! NEJ!"

Stefan tog några steg framåt och höll upp fingret i en varnande gest. Mats stannade till och tittade ner på honom. Sedan började han sig riktigt nära Stefan och placerade sina svarta ögon någon centimeter från Stefans ansikte och började sedan spinna. Eller knattra. Han tryckte sig mot Stefan och började gnugga sina armar, alla sex, mot honom och rullade sedan ihop sig till en boll och lade sig tillrätta på hallgolvet. Det var lugnt igen och de visste att han skulle sova länge nästa morgon.

Förödelsen var total och Fredde ömsom kved över renoveringskostnader, ömsom över hur ont det gjorde i kroppen efter att ha blivit ivägskickad rakt in i en bastant trädörr. Tur att de inte hade bytt till säkerhetsdörren som hyresvärden hade erbjudit. Då hade varje ben i kroppen varit knäckt vid det här laget. Stefan sopade upp kakelsplitter från golvet och aktade sig för att trampa på eventuella kvarglömda spegelrester. Mats, nu större och bredare än dem båda, satt ute i hallen och tittade med skam i ögonen på röran som han ställt till med.

"Var inte ledsen nu", Fredde sträckte ut handen och rörde vid den platta ytan där en näsa egentligen skulle sitta.

"Olyckor kan hända alla. Men nästa gång måste du lova att komma till oss innan du blir ledsen... och känner att du kommer att växa."

Det var nästan som om Mats nickade mot honom, trots att de inte hade någon regelrätt kommunikation med honom, de var trots allt människor och han – i brist på annat – ett monster. Han var som en katt, eller hund, lydde ljuden de producerade och antog att de innerst inne ville väl. Mats mindes mörkret i hålet, han mindes vem som lagt honom där. Med sina långa spindelliknande fingrar kände han på det svaga ärret som hade växt med honom sedan tunnelbaneincidenten. Det var som en vän nu, kanske hans enda riktiga familj.

"Var det verkligen rätt?" Fredde vred sig i sängen och kunde inte sova.

"Vadå? Med Mats menar du?"

"Vad annars? Mats är väl det allt cirklar kring hela tiden. Han tar upp all plats, både… ja, mest fysiskt."

Han tänkte på badkaret och väggen som numera var Mats område. Där han sov och bajsade (de hade desperat försökt lära honom använda toaletten, till och med en överdimensionerad kattlåda, men det slutade alltid att det gick rakt ner i badkarets avlopp), förde oväsen och bara vill ha den där kärleken som de blivit förälskade i till en början.

"Vi har knappt gäster nu för tiden. Eller knappt, vi har inga gäster. Inga vänner som kommer förbi. Alltid något vi skyller på, trötthet eller att vi ska bort. Inte undra på att de inte ens ringer längre. Fan, Jörgen och hans sambo… vad han nu heter?"

"Pedro?"

"Precis, Pedro. Han har till och med tagit bort mig avföljt mig på Facebook!"

"Facebook, bah. Snälla…"

"Nä, det betyder väl inget. Antar jag. Men jag saknar gemenskapen. Nu är det bara Mats som tar all plats."

Stefan tittade upp mot billyktorna som lekte i taget. Parkeringen utanför var ett lugnande brus, och lätt att somna in till. Den här natten gick det bara inte. Varje bil var som en jordbävning, varje lykta som en supernova. Han visste inte vad han skulle säga längre.

Mats hade inga öron, men han kunde uppfatta vibrationer och vilken form av vibrationer det rörde sig om. Det här var negativa vibrationer. Inte bra. Han vältrade sig bakom i badkaret, som redan började bli alldeles för litet och tryckte sina fingrar mot väggen för att försöka snappa upp något positivt, något som kunde få honom på bättre humör. Han gillade inte negativa vibrationer, vilket oftast betydde att han snart var utan familj igen och skulle hamna ensam och övergiven på någon mörk plats där ingen älskade honom.

Det var då han hörde hunden. Mats visste inte att det var en hund, men den gick på fyra ben och förde ett otroligt oväsen. Speciellt om den var utanför deras dörr och den anade att Mats fanns där inne. Han gläntade på badrumsdörren och kikade ut. Vibrationerna hade avstannat i sovrummet och båda hans pappor verkade ha somnat. Bra. Nu hade han sin chans: öppna balkongdörren och känna frisk luft och kanske till och med se hunden. Tidigare hade han bara sett den genom fönstret, men inte kunnat känna lukten. Mats ville gärna lukta på hunden. Kanske slicka på den, känna smaken och konsistensen.

"Ajabaja" hade Stefan sagt när han lät sin tunga kladda ner fönstret förra gången han såg hunden där borta i fjärran, mellan de stora träden. Men nu fanns det ingen som kunde ajabaja honom. Mats var fri som en fågel.

Balkongdörren öppnades utan problem och Mats gick ner på alla åtta och tassade ut på den minimala ytan som människorna älskad. Han kände lukten av hunden… och av något annat.

Birgitta var trött på att gå ut med hunden. På sätt och vis kände hon samma trötthet som Fredde och Stefan över att ta hand om någonting, bara överhuvudtaget bära ansvaret för någon annans lik. Ibland, i hennes mörkaste stunder funderade hon på att avliva hunden och sedan berätta för grannarna att den fått cancer eller någon annan fruktansvärd åkomma där avlivning var enda lösningen. Men hon ångrade sig alltid, oftast när den kom och gosade med henne på morgonen och troget väntade vid dörren när hon varit nere på Willys och handlat. Den ville egentligen bara ha mat, men hon inbillade sig att det var någon form av kärlek.

Birgitta behövde kärlek, ända sedan gubben hans dog i en hjärtattack för tio år sedan. Kärlek som inte ens en hund kunde tillfredsställa. Drömmen var att träffa en ung, viril man på någon av hennes tidiga morgonpromenader. Tänk om det kunde hetta till lite? I natt kunde hon inte sova alls, och hon sneglade på klockan. Tio i tre. Hon stönade, men som förtidspensionär behövde hon inte oroa sig för att inte höra väckarklockan. En liten frihet hon hade trots allt.

Hunden gnällde och hon petade på den med foten.

"Fluffy, vad är det? Har du bajsat?"

Hunden tittade på henne och slickade sig om nosen.

"Kom nu, mamma börjar bli pömsigt. För mycket frisk luft är inte bra för kroppen."

Fluffy stretade emot och markerade mot något högt uppe i trädet.

46

"Det är bara ekorrar."

Fluffy morrade. Det knakade till rejält uppe i grenverket.

"Stora ekorrar... kom nu sötis. Du ska få en puss."

Birgitta lyfte upp sin älskade hund, men han inte många steg förrän Fluffy började sparka och skälla och hon var tvungen att släppa ner henne för att inte bli skadad av klor och tänder. Händerna var blodiga, hon kunde se det i den skumma belysningen.

"Titta vad du gjort mot mamma! Titta?"

Hon tryckte upp sin blodiga hand i ansiktet mot hunden som girigt slickade i sig blodet och viftade på svansen.

"Inte äta mamma! FY!!!"

Det knakade till igen i trädet ovanför henne, och Birgitta tittade upp och fick se hur något som såg ut som en gigantisk potatissäck med spretande tjocka rötter föll ner mot henne. Det var i alla fall hennes sista tanke innan Mats lät sin tunga, fylliga kropp trycka ihop hennes ryggrad som ett sönderbitet sugrör.

Efter att ha rullat undan för att få bättre koll på sitt byte tog han tag i Birgittas delvis tillplattade huvud och började suga i sig hjärnsubstansen. Som han hade längtat efter detta! Hunden hade satt sig ner i ren chock och tittade häpet på hur monstret tuggade i sig matte.

Ett tiotal meter därifrån satt Lennart på sin balkong och studerade förloppet med en mörkerkikare. Som före detta militär och numera pensionerad gnällspik (enligt hans fru) hade han inte mycket för sig förutom att spionera på grannarna, skriva griniga insändare och placera arga lappar nere i tvättstugan och i trappuppgångarna. Det var givetvis ingen som ens orkade bry som hans gnäll, och när de mötte de lätt tonade glasögonen utanför huset undvek de hans ögon och fokuserade på det vältrimmade, stålgråa skägget. Lennart var en atlet, även vid sextiosju års ålder, men hans försök till flörtar med grannkvinnorna hade mötts med tystnad. Men han visste innerst inne att de tyckte han var snygg och stilig och kunde vårda sin hårväxt som en riktig man.

En riktig man ja, det kunde man inte hitta i 7D menade Lennart och nickade mot Fredde och Stefan som bodde där. I det fallet var det han som inte mötte deras blick, han ville inte bli smittad av bögpesten.

"Struntprat" sade hans fru alltid och slog handflatan i bordet. Men han lyssnade inte och lät sportnyheterna dränka hennes dumheter. Om det var något som visste något om livet var det Lennart, ingen annan. Speciellt inte ett par perverterade bögar i trappuppgången bredvid! På senare tid hade det dock börjat hända märkliga saker. På nätterna hördes oväsen som bara han reagerade på och det var uppenbart att bögarna gömde något i lägenheten. Under en tid, fram tills denna natt, hade han trott att det var flyktingar som härjade där. Svartmuskiga utlänningar som förstörde den svenska myllan med sina lukter och seder. Han hade haft helt fel. Lennart var en berest man, han hade varit till New York i sin ungdom och flera gånger till Sibirien i hemligstämplade övningar – men aldrig hade han sett en liknande varelse som den som just nu åt upp den där skitkärringen Birgitta där nere mellan träden. Utomjording? Kanske, det var mer logiskt än något annat, även om han naturligtvis aldrig skulle erkänna en sådan teori öppet.

En sak var han säker på, varelsen hade tagit sig ut från bögarnas balkong och nu skulle han fan i mig konfrontera de djävlarna!

Mats absorberade de sista resterna av Birgitta, men lämnade några fingrar åt hunden. Han kände av hundens tankar och det var positiva vibrationer. Med sina långa fingrar puttade han Birgittas lemmar mot hunden som avvaktande viftade på svansen och lade huvudet på sned.

Fluffy var misstänksam. Han hade inte blivit ombedd att äta sin matte tidigare. Men hans nya vän verkade tycka det var okej och då måste det vara okey. Om han åt blev det kanske långa promenader varje dag, inte bara ner till asfaltshelvetet utanför butiken där all god mat fanns. Han viftade inte längre tveksamt på svansen. Nu var det av ren glädje.

Mats var nöjd. Hunden åt fingrarna, åt sin matte. En lyckad dag helt enkelt.

Fredde inte ens orkade skrika när han hittade Birgittas halvsmälta kranium ligga som en stolt trofé på sängen. Sedan väckte han Stefan försiktigt.

"Vad ska vi göra?" Stefan hade precis plastat in huvudet i tre lager ICA-kassar och pressat ner det i soporna.

"Det ligger ingen adress där i? Något som kan leda till oss?"

"Nä, jag tror inte det."

Sedan diskuterade de inte den detaljen något mer.

Inne i sovrummet, bredvid sängen, låg Mats hopkurad på den stora röda mattan och sov fridfullt.

"Han verkar mycket lugnare".

Stefan kramade om Fredde bakifrån och tittade in mot deras eget stora monster.

"Tänk om det kunde fortsätta vara på det här viset?"

"Det är fullt möjligt…"

Fredde vred sig och försökte se Stefan i ögonen

"Vi måste bara mata honom lite mer varierat. Slut med hundmat och rester. Problemet är väl att han föredrar människor…"

"Går inte det att ordna då? Det finns alltid någon ingen vill ha?"

"Jag tror inte det…"

Fredde var förvånad över Stefans cynism, alla har någon som älskar dem eller bryr sig om vad som händer dem.

Stefan trodde honom inte. Han hade sett mycket skit under åren, det fanns människor som antingen skulle må bättre av att inte finnas till eller...

"Birgitta, det var ingen som gillade henne. Ingen kommer att sakna henne. Grannarna kommer snarare att bli glada över att hon försvunnit."

"Nä, jag tror dig inte."

Lennart tog mod till sig. Inte för att han behövde ta mod till sig, han som var framåt, men det kändes lite speciellt att behöva ringa på hos ett par bögar och lära dem en läxa. Tänk om de försökte med något? Instinktivt knep han ihop stjärthalvorna, men slappnade sedan av igen. Han kunde nog försvara sig om de försökte våldföra sig på honom. Det tog en väldig tid för dem att öppna, men han visste att de var där inne. Han hade sett skepnader innanför fönstren och balkongdörren var lite på glänt. Ingen normal människa har väl den på glänt hur som helst? Fast de var i och för sig bögar, alltid på jakt efter oskyldiga barn att fånga in – kanske det är lättare om barnen leker och klättrar upp på balkongen och sedan blir insyltade i deras homosex-garn! Lennart mindes tillbaka när han lärde sitt barnbarn att ta på sig själv, som för att ledsaga henne in i vuxenvärlden. Men det var bara en lektion, något gott. Lennart visste att det inte var någon fara och det hade bara hänt vid ett par gånger. Han var oskyldig. Ingen kunde anklaga honom för några perversioner.

Dörren öppnades och där stod en blond kille med skäggstubb – orakat enligt Lennart – och glasögon.

Hej!" Fredde låtsades vara glad. Han skydde grannarna som pesten, i alla fall den nyfikne idioten Lennart med alla sina tvättstugelappar.

"Hej hej"

Lennart var synligt nervös.

"Det är att... att, jo, jag skulle vilja ta upp... eh, något med dig, med er?"

Stefan hade dykt upp i bakgrunden och Lennart nickade en hälsning till honom. Lite artig fick man allt vara, tänkte han och försökte sig på ett illa konstruerat leende också.

"Jo, eh…"

Fredde avbröt honom.

"Vill du komma in? Ett glas vatten?"

Lennart nickade och fumlade av sig skorna precis innanför dörren. Precis innanför, han ville inte tappa bort dem i bögarnas lägenhet.

Fredde hällde upp ett glas iskallt vatten till honom och han drack girigt upp varenda droppe för att dölja att han var torr i halsen och munnen av nervositet. Han fick lite till vatten och halsade det lika fort.

"Men i alla fall… Tack för vattnet. Jo, det är så att i natt såg jag något väldigt märkligt och jag tror det är så att, ja, det har med Birgitta – ni vet tanten i andra uppgången?"

Båda nickade instämmande. Lennart gillade inte riktigt deras lugn, som om de visste vad han skulle säga.

"I alla fall, jo, jag menar…"

"Mats?"

Lennart stammade till och tystnade.

"Mats? Vad menar du… ni?"

"Mats är en estnisk båtflykting som vi har gömt i vårt sovrum. Vi använder honom även som sexslav."

Lennart öppnade munnen i korkad min och tittade storögt på dem.

"Menar ni allvar? Nä nu…"

"Vi undrar om du vill vara med? Om du inte säger något får du vara med och dela. Intressant?"

Stefan höll upp tummen som ett godkännande. Lennart bara skakade på huvudet och började darra i kroppen av ilska.

"Herregud! För guds skull! NU flyttar ni på er på en gång! Genast! Ur vägen!"

Han vräkte undan Fredde och puttade iväg Stefan med båda händerna att han föll ner på golvet med en rejäl smäll. Till vänster fanns bara vardagsrummet och den olycksaliga balkongen, till höger fanns köket och bredvid den dörren in till sovrummet. Lennart var förbannad! Nu skulle han en gång för alla sätta stopp bögmaffian och sätta dem i fängelse, hela bunten! Hade det varit en stackars estnisk flicka hade han kunnat adoptera eller bli hennes beskyddare, men inte bara att de utnyttjar ungdomar, de tar in ÄNNU fler bögar till det stolta Sverige! Och en bög i sitt hus, det skulle aldrig Lennart kunna acceptera.

Med all den kraft som hans gamla kropp kunde uppbåda slog han upp dörren och tittade in i ett kompakt mörker. Han tog ett djupt andetag och klev in och snubblade nästa genast på något stort och vått som låg på golvet. En tvättkorg? En stor jävla tvättkorg! Mer hann han inte tänka innan han kände hur något grep tag i honom, runt om hela kroppen och pressade något som kunde vara en mun mot hans hals och huvudet. En tunga for ut och började leka sig över ansiktet, kände på näsborrarna och läpparna, nästan räknade tänderna i hans mun – tills den fann ena örat.

Smärtan var outhärdlig, men Lennart hann uppfatta hur tungan, eller vad det nu var, letade sig in i örat, tryckte sönder allt motstånd och bedövade kroppen genom att slita ut en bra bit hjärna. Sedan tryckte Mats Lennart mot sig och började suga åt sig hela hans kropp, mjuka upp ben och kranium, koagulerade blodet vilket gjorde det lättare gick att andas in inom de miljarder öppningar som låg dolda precis under den kalla huden. Några minuter sedan var det bara skallen kvar, med svålen som smält ost över hjässan och ett öga som sakta rann ner på golvet.

Mats mådde dåligt. Han rullade över på rygg, sprattlade med armar och ben i luften, väste och fräste. Han kände Lennarts person inom sig. Alla samlade tankar och känslor, brott och straff, kärlek och hat. Och Mats hatade Lennart på en gång. Han var tvungen att känna efter nästa gång han åt någon. Han fick inte äta dåliga människor, bara bra som inte gav honom ångest och mardrömmar. De enda han inte fick äta, bestämde han sig då, var de som var hans vänner. Som skyddade honom och tyckte om honom. Han kände hur han växte, både i självförtroende och kroppsligen och han kunde knappt bärga sig för att visa upp hur han såg ut som fullvuxen. Hoppas de älskade honom lika mycket då som förr...

Två månader senare låg Märsta i ruiner. Mats hade barrikerat sig i centrum och byggt ett bo av gamla ledningskablar, lyktstolpar och byggnadsmaterial. Till en början hade samhället stått lamslaget inför den nya skräcken, men när de väl insåg att det enda som behövdes för att blidka monstret var människor lugnade allt ner sig. Militären kunde inte göra något – eller vågade inte. Mats låg där med sina nyutslagna, vita vingar och skyddade sina undersåtar från regn och kyla, de människor som anslutit sig till honom. De tillbad honom, han förstod inte varför, men vad gjorde det när de hade sådana fina vibrationer. Och goda var de också.

Det hade vuxit fram en kult kring Mats. Man gav honom människooffer, oftast olycksaliga som vågade sig för nära – vilket innebar många kvällstidningsjournalister, amatörforskare och en och annan "sökare" som ville hitta en mening med allt. Fredde och Stefan höll sig därifrån, men tittade på honom från skogskanten, där de höll sig gömda på grund av efterlysningen.

Det var deras Mats, en demigud som just nu blommade upp och förändrade världen.

Snart skulle myndigheter, polis och militär vara meningslöst. Det visste de båda innerst inne. Helst av allt ville de ansluta sig till gruppen under vingarna, men de ville ge honom tid att växa upp, hitta sin egen identitet. Kände han överhuvudtaget igenom dem vid det här laget och spelade det egentligen någon roll längre?

Stefan tog Freddes hand och höll den hårt.

"Jag har funderat på en sak."

"Vadå?"

"Vi kanske borde ha döpt honom till något mäktigare, något viktigare än Mats?"

Fredde skrattade och kramade om honom.

"Varför det? Mats är mer äkta än vilken Allah, Buddha eller Jehova som helst. Det tillhör människorna, inte himlen..."

Det var som om monstret började spinna. Han verkade njuta av deras närhet. De kramade varandras händer hårdare och kände lyckan som strömmade genom dem. Stefan viskade något till Fredde, något vackert.

Mats lyssnade på dem, och han kände av deras kärlek och den ömhet som de gav honom. Han drog åt sig deras tankar och känslor och nu kände han sig för första gången trygg.

Äntligen äkta kärlek.

Frostblommor.

Jorden är den tredje planeten från solen. 7,6 miljarder invånare. Ungefär sjuttio procent av planetens yta är vatten, vilket är underligt eftersom det var de landlevande människorna som hade blivit dess härskare. Denna planet hann bli fyra och halv miljard år gammal. Sen sket det sig.

En bra bit ovanför jordens atmosfär svävar en kines och nedanför honom exploderande hans älskade planet i ett kompakt gnistregn, som hämtat från en film av John Woo. Världen tändes upp som en tafflig, vulgär, julgransbelysning. Han log när han såg spektaklet. Vladimir, den tunnhåriga ryssen hade en halvtimme tidigare låtit skjuta iväg sig. Det sista man hade sett av honom var hans krampaktiga grepp om sin bibel och ett leende som inte var av denna världen. De flesta hade valt att stanna kvar på rymdstationen, men Shing tog sitt beslut strax efter ryssen. Varför sitta där som en sardin när man kan beskåda eländet från första

61

parkett. Det började för elva dagar sedan, kriget, och det verkade inte ta slut. Inte än på ett tag.

Borta i rymdstationen, som långsamt valsade iväg ut i världsrymden, kunde han se hur kvinnan vinkade till honom med ett fridfullt leende, som en drottning över tid och rum. Det var märkligt hur alla accepterade det som skedde. Som om ödet kändes självklart. Shing Chow Wang önskade sig bara att få se sitt hem en sista gång. Det gick inte att missa Kina, världens härskare, i alla fall enligt den egna regeringens officiella ställningstagande. De kanske hade rätt. Ingen bråkar med en miljard kineser. Shing var inte oberörd av det som skedde. Han hade gråtit mycket de senaste dagarna, men nu hade lugnet äntligen infunnit sig. Vladimirs drastiska tilltag var modigt. Dom var alla modiga, alla med sina egna idéer om hur deras sista tid skulle bli. Kvinnan - han kunde bara inte komma ihåg hennes namn - stannade kvar tillsammans med sin make. Även han ryss. Hon var kinesiska. Shing hade knappt växlat ett enda ord med henne, men nu, vid randen av evigheten kändes kopplingen starkare än någonsin. Det var som om de var förälskade i sitt öde.

Shing kom från en by utanför Zushou, Kinas Venedig, ett tiotal mil utanför Shanghai. Hans föräldrar var jordbrukare. Han brukade skämta om att de var riktigt snåla, men det var för hans eget bästa, till den eftertraktade utbildningen dit alla besparingar gick. Shing hade alltid velat mer. Han ville bort från jordbruket och den utstakade vägen som påläggskalv inom universitet och regering. Han var smart, det var det ingen som förnekade, problemet var bara att han var envis också. Han gick sin egen väg. Han var snabb att anamma internet, tankade ner amerikansk och europeisk elektronisk musik, till lärarnas förfäran. De första pengarna han tjänade in, både genom studiemedel och extrajobb, lade han på telefoner. Den senaste hade han med sig n och den fyllde kroppen och dräkten med musik. Underbar musik.

Han fick chansen, på grund av sin ovilja att arbeta med traditionell politik, att börja arbeta med rymdfrågor direkt efter utbildningen och blev till slut astronaut, eller mer korrekt, Kosmonaut, i en rysk delstat. Det fanns miljarder att hämta i rymdforskning och kineserna skulle givetvis också upp där också.

Tillsammans med ryska miljardärer och mer tveksamma kinesiska budget-lösningar skapades den första rysk-kinesiska rymdstationen. Som en korsbefruktning av kapitalism och kommunism. Shing brydde sig inte. Han vill bara pyssla med sitt. Arbeta med sådant han gillade. Efter närmare nio års utbildning och hårdträning blev det då dags att ta de första stapplande stegen i rymden. Han var då trettiosex år och han hann vara uppe i exakt en månad innan skiten träffade fläkten där nere. De kunde se hur bomberna började falla över Kina, Ryssland, USA, Europa. Vad som hade hänt visste ingen. Det sista de hörde från jorden var ett meddelande om att vara beredda på att komma ner. Sedan blev det tyst.

Det var mörkt ett par timmar om natten, sedan satte bombningarna igång igen. Det lös under molntäcken, städer utplånades, naturen brann och oceaner förgiftades. Vad kunde de göra? Den första veckan kunde ingen sova. Men till slut lugnade alla ner sig. Accepterade ödet. Det var ändå ingen brydde sig om dem där uppe. Man hade nog med problem nere på jorden. Luften och maten skulle givetvis räcka några månader till, men fanns det något att kämpa för längre? Det tyckte inte Vladimir, som tog sin bibel och begav sig ut på den sista färden.

Shing var kär. Stormförälskad. Det var väl slut vid det här laget, av anledningar som alla förstod. Men han kunde inte släppa tanken på mannen han lämnade där nere i högkvarteret. En snygg ryss. Eller snygg och snygg. Söt i alla fall. Lite lagom oklippt hår, intellektuellt rufsigt och med ett par glasögon på nästippen. Bara ett år yngre, trettiofem år. Ett underbart leende som bildade väldigt sexiga skrattrynkor. Han hade redan börjat få lite gråa stänk i håret. Shing var förälskad.

I handen höll han ringen.

Man pratar inte om homosexualitet i Kina. Det finns, det vet alla, men liksom prostitution är det något som ändå existerar bakom låsta dörrar. Kanske inte i Shanghai eller de mer internationella städerna, men däremot i resten av Kina. Det kryllade inte av bögklubbar direkt, men det fanns platser att träffas. Regeringens utsända, polisen, gjorde razzior lite då och då, men man hittade snabbt ett nytt ställe att umgås på. Shing besökte dessa ibland.

"Varför skaffar du dig inte en fru?" brukade hans mamma klaga samtidigt som hon ställde fram maten. Hon tänkte alltid på äktenskap när det var matdags, men Shing brukade skratta bort det.

"Jag har inte bråttom mamma. Bara för att du gifte dig ungt behöver jag inte göra det. Det är andra tider nu.". Hon fnös alltid som svar, men svalnade av en stund senare och gav honom alltid en våt puss i pannan och tittade honom i ögonen.

"Bara du är lycklig så...". Hon visste nog. Mödrar visste alltid vad deras barn höll på med. Men hon sade inget.

Han hette Sasja, ett smeknamn för Alexander. Han var lång, säkert ett halvt huvud längre än Shing, och mer tränad än vad man kunde föreställa sig under de slappa kläderna. Det skulle vara mer bekvämt än vackert. Det var ingen hemlighet att de var förälskade i varandra. De hade kört samma visa i snart fem år och Shing trivdes i sitt nya hemland. Försök att få hem honom till Kina hade skett, men Shing hade stått på sig.

Han hade ett uppdrag att genomföra. Han flyttade inte på sig. De delade inte lägenhet, men för det mesta sov de tillsammans, kom till fester tillsammans och dansade tillsammans. Allt tillsammans. Sasja var kommunikationstekniker och ansvarade för att samtalen mellan kosmonauter och jorden besvarades och fungerade.

Det hade varit oroligt rent politiskt i ett par år, men ingen verkade bry sig speciellt mycket. Stormakterna fick bråka om sitt, huvudsaken var att den privata marknaden inte blev lidande. Kina höll sin inblandning i rymdstationen ganska hemlig, men skulle någon egentligen vara förvånad om det kom ut? Det hade redan tagits upp, men vem brydde sig?

Shing hade gjort ett försök att komma ut för sin mor genom att skicka en bild där han och Sasja stod tätt tillsammans med den fantastiska utsikten utanför högkvarteret bakom dem. Hon hade givetvis inte ens kommenterat det. Men inte ens hon kunde ha undgått det faktum att Shing höll i Sasjas lillfinger. Hon hade skrivit ett brev tillbaka, tackat för kortet och bett honom hälsa sin vän. Sedan var det inte mer med det.

Shing snurrade runt. Det var svårt att hålla kontroll på sin kropp i tyngdlöshet, men han gjorde sitt bästa. Han vill se jorden hela tiden. Han vill se Kina gå upp i lågor. Han vill se hela den ryska delen brinna. Skandinavien drunkna när landmassorna välte. USA förgås i smärta. Det var det enda naturliga. Den enda möjligheten. Shing var inte religiös. Men han förstod att förr eller senare är det slut. Förr eller senare måste allting nollställas, och mänskligheten måste acceptera det.

Han hade inte hört av Sasja på nio dagar nu, han var antagligen borta eller satt och väntade på döden i ett skyddsrum. Men han höll i ringen. Sasja skulle hålla i ringen, det visste Shing. Han höll också i sin ring. Den låg och klämde i handflatan, från trycket av de tajta handskarna. Han ville känna den. Även om det gjorde ont.

Ringarna var väldigt enkla. Sasja och Shing hade hittat dem i en kiosk, bland en massa billigt skräp. Kärleken ligger inte i om ringarna är av guld. Kärleken ligger i vad ringarna betyder. Det fick bli på det sättet.

68

Sasja var död. Troligen var Shings familj också död. Mer troligt var hans första förälskelse var död. Det var Chang, en stilig klasskamrat som sedan gick in i det militära. Yrkesmilitär till och med. Det hade han hört från sin mor. Hon gnällde, Chang hade i alla fall skaffat ett riktigt jobb och stannat i sitt hemland, till skillnad från Shing. Han bara log åt sin mor. Efter ett par heta nätter hade Chang sagt ifrån. Det gick inte för sig. Han hade redan en fru utsedd, en söt flicka från grannbyn och det var det valet han gjorde. Shing förstod. Han orkade inte bry sig, trots att tårarna fanns där någonstans. De sade farväl. Chang fick en torkad blomma från deras hemby. Han lovade att för alltid spara den. Kanske gjorde han det, som ett minne från vem han verkligen var.

Att sväva bort från jorden med ryggen mot solen var varmt. Framsidan, den delen som var bortvänd från solen, kunde går ner på femtio minus, medan baksidan hettade upp honom med åtminstone hundra plusgrader. Dräkten skyddade en hel del, men det kändes. Han föredrog kylan. Då slapp han kisa i alla fall, med solen i ryggen.

Rymdstationen exploderade. Att se en explosion i tyngdlöshet är svårt att förklara. Det är som om elden lever. Som långa ormar som desperat försöker ta sig loss från föremålet som brinner. Sedan upplöses dem. Shing var inte förvånad. Kvinnan och hennes man skulle spränga skiten. Det var vad de sade, med exakt de orden. Det fanns nog med teknik för att utföra det snabbt och smärtfritt. Innan Shing steg ut i luftslussen hade han sett hur de hade spridit ut bilder på sina barn och sin familj över sin sängar. Det stod en vinflaska där. Tända ljus. Ett krucifix. Dessa katoliker. Han log vid tanken. Sedan hade de sprängt sig in i evigheten.

Han höjden handen i en gest, som för att salutera ryssarna. Han grät. Inte av sorg, utan av glädje. Han var den sista kvar och han hade fått äran att säga adjö till alla. Nu var det hans tur.

Jorden brann. Shing stängde av lufttillförseln och andades normalt. Det skulle vara slut inom ett par minuter. Sedan skulle han somna in och allt skulle svartna. Men han ville se sin jord tills dess.

Frostblommor hade börjat slå upp på visiret på grund av kylan. De började täcka synfältet, men siluetten av jorden syntes hela tiden. På något sätt blev det behagligare att se jorden försvinna allt mer bakom detta iskalla blom-mönster. Det var vackert. Som ett kalejdoskop.

Han och Sasja satt på en äng. Det var året före. Det var en sval sommarkväll. Nedanför betade övergödda ryska kor och i närheten kunde de se en flock får som sprang längst med bergssluttningen. En bit bort en kraschad helikopter. Säkert tjugo år gammal, inte ens värd något som skrot. En nästan bortrostad amerikansk flagga kunde skymtas på sidan av den. Sasja lade sig ner på rygg och Shing följde efter. De tittade upp mot himlen och molnen som gled förbi. Sasja var bra på att hitta mönster däruppe. Människor. Fordon. Djur. Shing skrattade. Han ville minnas det här. Han ville ha med sig det för resten av sitt liv. Detta var det sista han skulle minnas.

Sasja vände sig mot honom och lade armen på Shings bröst. Han tittade honom i ögonen, strök honom över det svarta sträva håret och kysste honom ömt.

Sedan låg de där. Och molnen gled förbi som barkbåtarna i barndomens vattendrag.

Månen.

Månen var en fetlagd man med gulaktig hy, klotrunt huvud, vilket gjorde hans öknamn befogat, och kinderna knottriga av acne sedan tonåren. Hans små grisögon stack glödde som svarta kratrar i det gula, flottiga ansiktet. Huvudet pryddes, liksom resten av kroppen, av en nästan perverst len hud och hade spröda hårtussar som stod ut bakom varje öra. Han hade antagligen ögonbryn, men de var för blonda för att överhuvudtaget synas mot hyn.

Om han överhuvudtaget hade hår någon annanstans på kroppen spekulerade man helst inte i, men ryktet sade att han mer eller mindre såg ut som en enorm bäbis, ett rykte som späddes på efter något av hans allt mer sällsynta besök i stadens klorstinkande badhus.

Månen var mycket mån om sitt privatliv. Det var knappt någon som visste vad han bar för namn eller på vilken adress han häckade, om han nu överhuvudtaget hade ett riktigt hem? Vissa trodde att han kröp ner i något träsk och levde på råa grodor och sniglar om nätterna.

Det var fullt möjligt. I alla fall om man trodde det klotter som prydde skolans toalettutrymmen.

En sak var alla väldigt överens om: Månen var en riktig jävla idiot. Elak och svinig, ond och smutsig, äcklig och samvetslös. Både mot elever och andra lärare. Att han överhuvudtaget fick vara kvar på skolan var en gåta, men de flesta gissade på utpressning.

Månen kunde verkligen gå över lik för att tillfredsställa sin excess och varje år fick han därför rejält med påökt. Han köpte allt dyrare bilar - till den grad att hans lön hade tagit över nästan tio procent av skolans årsbudget. Det var mycket pengar det, oförskämt mycket.

Grävsta Privat kallades den i folkmun, den exklusiva skolan för ynglingar från förmögna och vackra familjer. Den hade egentligen kunnat vara riktigt trevlig, om det inte vore för Månen då.

Ingen större pennalism som skit- och piss-kastning på varandra, det var inte några som slog varandra blodiga på skolgården med hyenorna rytmiskt vrålande

i en cirkel runt omkring. Eleverna var ambitiösa, lärarna
- förutom ni vet vem - var snälla. Inga brutala
invigningsritualer. Inget större narkotikamissbruk,
förutom det obligatoriska marijuanarökande bakom
trädgårdsskjulet då.

Skolan startades på femtiotalet av en framgångsrik
fabrikör som ville ge sin hembygd något att vara stolt
över. Månen hade varit en av toppeleverna, alltid de
högsta betygen och det bästa uppförandet.

Men sedan hade han inte lyckats ta sig därifrån,
som den nyexaminerade lärare han dessutom blivit. Det
hade bara inte gått. Ingen arbetsgivare hade velat ta i
honom en längre tid och efter en kortare sejour som
lärare på en annan skola kom han tillbaka med byxorna
mentalt nerdragna. Något hade hänt. Månen kunde helt
enkelt inte klara verkligheten utanför Grävsta Privat.
Ingen visste varför, och ingen ville heller veta.

Man var väldigt medveten hur han klamrade sig
kvar och de första åren försökte man på laglig väg få
honom sparkad, men Månen visste saker. Han visste
saker om alla. Till slut slutade skolans ledning att
kämpa. Alla bara gav upp.

Om han verkligen hade en plan att bli skolans lilla diktator, hade han nu lyckats.

För några veckor sedan hade Månen kommit på två grabbarna i en minst sagt ekivok situation. Hånglandes i en skrubb bakom mattesalen, med byxorna nere och sina tungor på ställen där en vanlig kristen absolut inte skulle stoppa dem. Månen blev rosenrasande, och kanske lite upphetsade. Ibland var det svårt att avgöra i vilket tillstånd han befann sig i. Men den gula hyn blev allt rödare och svetten började rinna i floder.

Att det förekommer homosexualitet på ansedda privatskolor för ynglingar var inte direkt ovanligt. Det var samma sak med militären eller fängelset. Fanns chansen att testa var det väl lika bra att köra på. Dessa två killar var inte de två enda som hade sysselsatt sig med homosexuella aktiviteter på den senaste tiden. Under en period var minst tjugo personer inblandade i dessa "lekar", som Månen envisades med att kalla det, och det skulle knappast bli bättring om inte någon sa till på skarpen.

Biologiläraren försökte tala med den rasande Månen, som stod inklämd i skrubben med eleverna och ryckte och slet i deras byxor.

"Ta det lugnt, det är ingen som blivit skadad! Det är helt naturligt!"

Månen lyssnade inte på det örat, utan fokuserade hela sin kraft på att förhindra eleverna att vara mindre avklädda.

"Upp med dem! INTE dra ner byxorna! Ni kommer att få håriga handflator båda två!".

"Men snälla… ", hans kollega lade sin hand på Månen axel, men fick den snart bortslagen av sin ilskna kollega. Månen vände sig mot honom och de små svarta ögonen glödde i den dunkla belysningen.

"Nu tar du det JÄVLIGT lugnt! Ta INTE på mig!". Månen vrålade ut orden och en frän doft av dåligt skött tandhygien strömmande ut.

Till slut hade Månen rusat ut ur skrubben, slagit sönder glaset till brandlarmet med sin sko och skrämt ut samtliga på gården, i regnet. De två förövarna fick stå där med byxorna nere och med pappåsar på huvudet. Allt för att skapa förvirring och spekulation inom elevgrupperingarna. Vilka var det som stod där? Det fanns ju ändå närmare tvåhundra elever att välja mellan.

Månen hade låtit bära ut en talarstol och rektorn fick assistera med ett paraply, stående på en liten stege bredvid podiet.

"Inte under mina många år som elev och lärare på denna skola har jag beskådad något så fruktansvärt som detta! Ett brott mot Kristus och hans fader. Ett brott mot vad vi lärt oss. En synd utan dess like. Jag ska inte straffa dessa unga män mer, men jag låter detta vara en varning. Låt bli att PILLA på varandra här. Sluta lek. Studera hårt. Skaffa familj. Få barn. Skapa en bra framtid. Inget PILL!".

Stundtals gick han upp i en otäck falsettröst och började gestikulera vilt. Alla såg vem han liknade. Fast mycket, mycket fulare.

"Inget PILL säger jag!"

Rösten ekade över den sorgsna gården. Men just den här dagen var Månen på ett osedvanligt gott humör. Kvällen innan hade han gett tio elever underkänt men hade tyvärr tvingats att godkänna klassens toppelev.

Det var det enda lilla gråa molnet på hans himmel. Men det skulle han säkert ta igen under dagen. Nu hade han tillbringat en liten tid i sin lägenhet i staden. Förvisso hade han tillgång till ett rum med dusch och kokvrå på skolan, men han behövde lugn och ro. De andra lärarna hade för vana att gå och lägga sig sent och innan dess var det ett jäkla tjatter. Man skulle inte slösa bort livet på utveckling, politik och framåtsträvande, undergrävande sysselsättningar och diskussioner. Månen var väldigt bestämd i sina åsikter. Det som var skulle alltid vara! De irriterade honom. Lärarna skulle, likt honom själv, vara ett gott föredöme för eleverna. Hur skulle annars alla dessa pojkar klara sig ute i den stora vida världen? De måste lära sig att respektera de äldre. Samt hålla händerna på täcket.

Månen blev mer och mer uppjagad där han satt i sin lilla gröna välpolerade sportbil och desto mer av skolan han såg bakom dungen ju mer blev han sporrad till en ond och respektingivande dag. Han blev genast på ännu bättre humör och tryckte lite extra på gasen och kom upp i den godkända hastigheten. På grund av hans i övrigt stillsamma natur körde han alltid riktigt långsamt på landsvägarna. Ute på motorvägarna var han tyvärr tvungen att hålla en högre hastighetsgräns. Tre gånger hade han nämligen blivit stoppad av polisen, dessa trogna idioter som gjorde allt vad staten sade, som givetvis klagade på hans långsamma inställning. Hade Månen fått bestämma hade givetvis hastigheten på vägarna sänkts och polisen fått ansvara för grisskötsel eller andra riktiga jobb.

Månen hade alltid rätt.

Byggnaden var gammal. Mycket gammal. Den hade stått där i över hundrafemtio år, även innan den blev skola på femtiotalet, och Månen hade jobbat där nästan hela tiden, åtminstone trodde eleverna och de flesta av lärarna det. Månen hade till synes överlevt fyra rektorer och hundratals lärare. När det kom till elever måste det röra sig om åtskilliga tusen, och han kom ihåg vartenda namn och ansikte.

Vissa hade han läst om i tidningarna. En del i mer negativa sammanhang och då hade han muttrat "Vad var det jag sa?" och var det i mer positiva sammanhang blev det "Vad var det jag sa?". Han visste allt om alla, även lärarna, vilket gav honom ett enormt försprång i praktiken allt.

Han visste, och hade faktiskt bildbevis i två fall, att fyra av de manliga lärarna hade affärer på sidan om - en av dem med en annan man. De fick allt hålla sig lugna om de skulle få behålla jobbet och familjefriden. Den enda han inte riktigt kom åt var den gamle stofilen, rektorn. Den jäveln! Det var som om gamlingen helt enkelt inte lyssnade på honom när han talade, som om orden som Månen ofta spottade ut aggressivt gick rakt genom honom, från öra till öra och sedan ut i luften där de upplöstes som en klick smör i en stekpanna.

Detta var oerhört irriterande och han var helt enkelt tvungen att ta tag i det någon dag.

Han var bara tvungen.

Skolan var nära nu. Grindarna var några hundra meter bort och tre siluetter syntes i öppningen. Månen kisade för att kunna se vilka det var. "Säkert några små tjuvrökande homofiler!" sade han till sig själv och lade båda händerna mitt på ratten och lät bilen släppa ut ett bräkande och absurd ljud. "Homos" muttrade han och gasade. Ingen undgick honom!

Siluetterna stod kvar mitt i öppningen och verkade prata med varandra. Det var uppenbart att de planerade något sattyg. När han var ett femtiotal meter från grinden rusade skuggorna åt sidan och försvann in i buskarna. Månens fenomenala humor var som bortblåst. Han skulle inte kunna få frid om de inte blev fast. Det var nästan en halvtimme kvar tills den första lektionen och han hade gott om tid att få fast odågorna.

Tvärt stannade han bilen och hoppade ut och sprang efter de okända marodörerna.

Skolan var känd för sin vackra trädgård, men Månen tyckte den var skit. För mycket äckliga buskdjur som liksom bara väntade på att anfalla honom. Månen hade underliga tankar ibland, det visste han om själv. Men vem hade inte det? Rektorn hade låtit klippa buskarna i olika former och figurer, något som uppskattades av landets trädgårdsentusiaster men som enligt Månen bara hade kostat en massa pengar.

"Jävla trams" snäste han för sig själv.

Han lät blicken glida mot skolans stora ingång samtidigt som han sprang slalom mellan träd och buskar, och hann se hur rektorn och tre lärare tassade ut från porten och vidare runt hörnet på skolan. Hade någon sett honom just då hade de sätt hur hans huvud nästan ändrade form av förvåning.

"Vad är det som pågår här?" sade han högt och rultade vidare med sin övervuxna bäbisfysik. Var det inte tjuvrökarna där lite längre fram? Han lät blicken glida mot skolan igen och såg hur ett dussintal elever hängde halvvägs ut genom fönstren. De verkade titta rakt på honom, och han ignorerade dem helt och hållet: ingen, eller inget, skulle få störa honom nu!

Konditionen var helt okej, och han skulle snart hinna ifatt brottslingarna, ta dem i nackskinnet och kanske beordra rektorn att stänga av dem. Ett brett leende spred sig från öra till öra, men försvann snabbt ner i myllan då fötterna trasslade in sig i en nedfallen gren. Det gula ansikte trycktes ner i det fuktiga gräset och någonstans i bakgrunden hörde han hur fönstereleverna skrattade hånfullt. Han föreställde sig hur de pekade på honom och räckte ut tungorna, vilket de också gjorde när han vred på huvudet och såg dem hänga ut ur fönstren som ett gäng apor.

"Undrar om en hel klass blivit relegerad någon gång?" skrek han rakt ut och kravlade sig klumpigt upp igen.

"Hoppas ni tappar taget!"

De bara skrattade och Månen måste bara få fast rökarna! Hela hans ära stod på spel. Väl på benen var han tvungen att orientera sig och kunde just se hur de tre skuggorna rundade hörnet på skolan och försvann mot baksidan. De var som ett gäng jävla ålar! Månen rusade efter, över grusplanen och försökte ignorera elevernas glåpord. De aldrig gjort sådär förut och han kände sig förvirrad, väldig förvirrad. Tryckt intill skolans bruna tegelvägg smög han mot baksidan av huset och väntade sig att få se hur de små illbattingarna skulle stå där och blossa i lugn och ro, men synen som mötte honom fick honom att tappa sin knappt identifierbara haka.

På gräsplanen, precis bakom den nyrenoverade fontänen, stod en enorm låda. Den var kanske tio meter hög och tre meter bred och pryddes av en liten dörr som stod på glänt. Han reagerade knappt när de tre tjuvrökarna, som han nu kände igen, tassade runt hörnet på lådan och in genom dörren.

"David, Gregory och Tony! Kom genast ut!"

Inget svar. Han upprepade sitt budskap en gång till, nu lite hårdare, men inget hände. Tveksamt gick han mot jättelådan och tanken slog honom, kan man ens kalla det en låda i den här storleken? Är det kanske mer en container? Någonstans anade han oråd.

Lådan eller vad han nu skulle kalla den hade inte stått där igår, det visste han. Inget fick ske på den här skolan utan att Månen kände till det. Han skulle tvingas ta upp det här på morgonmötet. Han drog en djup, nästan sorgsen suck, och satte fart mot lådans dörr. Den gick lätt att öppna. För lätt. Väloljad också. Inte ett gnissel. Som att sparka in en öppen dörr. Ja, precis det. Den var verkligen välkomnande. Därinne var det mörkt, men kunde skymta en stege nära öppningen. Den verkade vara fäst vid en stor, massiv metallkonstruktion som ledde upp i mörkret och fyllde hela lådans innanmäte.

Månen ansåg sig vara en modig man, trots sin hemliga rädsla för små gnagare, och klättrade upp tills han nådde en öppen lucka. Han plockade fram sin tändare (Månen rökte inte, men en tändare var alltid bra att ha, till exempel nu) och ett svagt ljus spreds över omgivningen. Han kunde bara uppfatta en otrolig mängd släckta lampor och något som man skulle kunna sitta på där i mitten, en mjuk fåtölj. Påminde om den där som en gång hade stått i lärarrummet. "För bekväm för en skola" hade han resonerat och ställt ner den i källaren. Den enda skillnaden var att denna hade ett fyrpunktsbälte.

"De måste finnas här inne" tänkte han och kröp in, utan att ägna bältet en enda tanke. Det var trångt och han insåg i samma ögonblick som luckan slog igen bakom honom att ingen annan fanns där inne, inga små tjuvrökande odågor.

I panik kastade han sig tillbaka mot riktningen han trodde sig komma ifrån, där också luckan skulle finnas. Det kompakta mörkret gjorde honom närmast blind. Tändaren hade han tappat i tumultet och lågan hade slocknat. Han kunde inte se i svärtan och hans händer for fram och tillbaka över den plastiga inredningen.

Plötsligt stirrade tusen ögon på honom och han blev först rädd, men insåg snart att det var alla lampor som tänts. Sedan lyste ett våldsamt sken upp honom, det var solljuset som exploderade in genom ett litet men tjockt fönster.

"Nej!"

Månen pressade sitt stora huvud mot glaset och försökte se vad som hände. Några pojkar, han kunde inte se vilka men hade sina aningar, höll på att montera isär lådan som täckte det han nu satt i. För givetvis var det inte själva lådan som hade den här inredningen; det var något annat, mycket mer avancerat. Utanför huset stod alla elever och lärare och tittade på avtäckningen. På skolans balkong, som nästan var i jämnhöjd med Månen själv, stod rektorn och hans sekreterare. Han hade en megafon som han delade ut orders med, men det gick inte att höra vad han sade. Glaset var väldigt tjockt.

"Vad fan är det som pågår?" Månen var nu väldigt förvirrad och bankade ännu hårdare på glaset, till ingen nytta.

Rektorn såg nöjd ut från sin plats och han sade något till sekreteraren som skrattade förtjust. Sedan förde han megafonen till munnen.

"Det är en stor dag idag. Och jag hoppas att ni är nöjda med dagsverket. För att fira riktigt extra kan jag meddela att ni får ledigt resten av dagen!"

Eleverna nedanför hurrade och applåderade. Rektorn bugade lätt och verkade nästan religiös i sin omtanke om människorna runt sig.

"Givetvis gäller det samma sak för er, mina kära kollegor!" Han nickade till några lärare som stod och lyssnade och de applåderade artigt, men hade i övrigt svårt att dölja sin glädje.

"Nu får jag be David att trycka på knappen. Får jag be er att ta på er era sotade glas och öronproppar tack. Är du redo, David?"

Rektorn tittade sig omkring tills att han hittade rätt. Ett svagt rop hördes och rektorn vinkade till en plats bortom det som en gång hade varit Månens gigantiska låda, eller var det en container?

"Sätt igång, för fasiken!". Han vifta med sin lediga arm i någon form av startsignal och såg nöjd ut.

Ett väldigt muller, följt av ett antal mindre explosioner hördes.

"Vad fan är det som pågår!?" hade de kunnat höra Månen ropa om hans röst hade gått igenom det tjocka glaset.

"Detta är sista gången jag är vänlig med er angående tjuvrökning, hör ni det?!"

David, Gregory och Tony hörde inte, dels på grund av det tjocka fönstret, men kanske främst på grund av det ohyggliga oväsen som rymdraketen förde. Det var ingen som hörde något, förutom ett mekaniskt vrål när raketen startade upp.

Månen lät läpparna pressat mot fönstret och försökte göra sig hörd. Hans vanligtvis gula hy hade blivit röd av ilska och man kunde nästan se rök bolma ut i öronen.

"Jävla småhomos!"

Men ingen hörde honom. Farkosten lättade från marken och fortsatte sin vingliga färd mot himlen. Rektorns sekreterare tittade förundrar upp och tittade sedan på rektorn.

"Tror du att han kommer ända till månen?"

Rektorn tog tag i sin sekreterares hand, väl medveten om att de båda skulle kunna leva öppet nu, utan Månens baktaleri.

"Om vi har tur, Kent. Om vi har tur…"

Sedan gav han honom en kyss på munnen.

Långt där uppe kunde de se ett svart streck bli allt svagare, och ett muller som blev allt mer avlägset.

Äntligen var han på väg, äntligen var han på väg bort.

Kamera.

Maskinen surrade och klickade till, präntade in killens mjuka ansikte för evigt i en högupplöst digital dröm. Förstenad höll han kvar kameran framför ansiktet, dolde sin rodnad och försökte åter igen hitta den där perfekta skuggan. Den okände log mot honom, för första gången medveten om hans blick. Han log tillbaka, väl medveten om att det inte var sista gången han såg mannen på stenhällen. Martin lutade sig mot relingen och följde färjans vågor.

Han hade gett sig ut tidigt på dagen eftersom himlen var klarblå och luften som vibrerade av den intensiva hettan. Det skulle bli svalare framåt eftermiddagen, men han ville gärna fånga upp solen innan den försvann i ett dis av avgas och alla hotande moln som väderrapporterna varnade för. Efter solsken kommer regn, som det gamla talesättet nästan löd. Martin gillade att slänga om ord, mest för att förvirra sin omgivning. Sådana där floskler hade han hjärntvättats med från sitt föräldrahem, en familj full av Jesus-statyer och Frälsningsarmé-gitarrer att den verkade vara den lyckligaste i hela världen. Men det gömde sig bara bitterhet och hat bakom uniformerna, något som Martin fick erfara många gånger där han satt inlåst i "bråk-garderoben", som hans far kallade den, och fick sona sina brott.

Brotten bestod för det mest av att han skolkade från legitimt trista lektioner, tjuvrökte, knyckte mat ur frysen, svor, sade emot sin far och sade till sin mor att hon inte borde acceptera allt hans far sade. Båda var döda nu, och det var ingen större grej med det. De hade fått honom som gamla och hade båda avlidit inom ett år när de var 87 respektive 80 år. Det var fadern som hade överlevt modern, och under det året minskade kontakten allt mer. Martin var inte med på begravningen, men gick istället och lade en ros på sin mors grav. Det var hon som förtjänar uppmärksamheten.

Han hade skalat bort sin bitterhet genom psykoterapi och slagsmål, och hade inte energi att reta upp sig på människor nu för tiden. Idioter är idioter

och de kommer alltid att vara idioter. Inget att göra
något åt. Det är deras problem. Förut fanns det alltid
en anledning att slå någon på käften, trycka in deras
korkade uppsyn i en vägg eller ner i ett golv, knäcka
knän och jobba hårdare med knogarna på något fyllo
till missfoster som kaxade upp sig på dansgolvet. Allt
det där var borta nu. Han ville inte tänka på det, men
kunde ibland se människor framför sig som förtjänade
en omgång.

Nu för tiden fanns det andra sätt att få utlopp för
energin på.

Martin älskade kameran. Han älskade vad den
kunde göra, vad den kunde visa och vad den kunde
avslöja. Detta var hans tredje systemkamera. Det hade
aldrig blivit några vanliga Svensson-kameror, han
behövde något mer. Marin ville zooma och utforska,
alla människor och miljöer han kunde se. Kameran
kunde se mycket och det var alltid med spänning som
han laddade in bilderna på hårddisken för att kunna
studera dem närmare i något bildprogram.

Hans far hade också haft en kamera. En liten plastig
skitsak som han hade köpt i slutet av sjuttiotalet och

höll fast vid som en dåre vid sin madrass. Med den förevigade han familjehögtider, gatuframträdande med Frälsningsarmén, det där förbannade äppelträdet bakom huset och på sin nytvättade - ständigt skinande - Volvo Amazon. Men inget på sin son. Eller sin fru. Eller något levande eller personligt som stod honom nära, allt på avstånd - stora vida bilder med få detaljer. Det var nog därför som Martin blev den han blev.

Martin hade funderat många gånger på om uppväxten påverkar om man blir vampyr eller inte. Om man utvecklar sina sinnen till en sådan känslighet att man kan spåra och identifiera specifika människor på några kilometers avstånd, beror det då på att ens far slog en med bältet varje kväll? Eller om hans mors passiva hållning till hans uppväxt och fars fysiska bestraffningar resulterade i att Martin mycket väl kunde bita en okänd människa i halspulsådern, suga ut blodet och sedan dumpa liket i ett dike?

Första gången Martin fick spetsiga hörntänder fick han panik, vilket kanske inte var speciellt förvånande. Han ville inte säga något till sin familj och vänner och började fila ner tänderna med en nagelfil. Det gick förvånansvärt enkelt och med ett något lättare sinne spolade han ner tandgruset i toaletten och somnade till en orolig sömn av apokalyptiska mardrömsvisioner. Nästa morgon hade han nästan glömt tänderna, det kändes som en dröm och det kanske det bara var?

Nästa natt hände det igen. Sedan skedde det natt efter natt i en vecka, han filade ner tänderna och beviset spolades ner i avloppet. Han hade redan börjat förstå vissa saker. Tänderna växte inte upp ur köttet, det hade varit för smärtsamt. Tänderna växte själv, lager på lager lades på under någon minut tills att tänderna blev spetsiga. De fungerade perfekt till att bita hål i papper med och han testade även köksbordets vaxduk. Men bet man i ett knäckebröd eller i ett tjockare växtblad brast oftast tänderna, utan smärta tack och lov. Det dröjde inte länge förrän han började fundera på hur det skulle fungera på hud.

En natt satte sig Martin och letade fram ett mjukt ställe på armen och satte tänderna i huden. Det gick segt till att börja med, men sedan skedde det en utsöndring från tänderna, som om de kände av att det var hud. Utsöndringen gjorde det lättare att göra hål på skinnet och några sekunder senare satt Martin där med tänderna djupt insjunkna i köttet. Det gjorde inte ont, inte på honom. Om det berodde på att utsöndringen var bedövande eller att han helt enkelt inte kände smärta visste han inte.

Först att utsättas för experimentet var en av grisarna på gubben Jakobs gård. Martin hade läst att grisar var ganska lika människor rent genetiskt och då borde huden vara densamma. Och blodet. Klockan var närmare tre på morgonen då han smög sig in på gården. Djuren kacklade och gnydde oroligt i sina burar, men höll sig trots allt lugna. Grisarna var längst bort, bortom traktorgaraget och brunnen, kanske på grund av lukten.

Martin kände hur tänderna började växa, hur den där magiska saliven lade sig på tungan och började sippra ut från hans mun. Det var äckligt, enormt äckligt, men också extremt upphetsande. Grisarna började gny desto närmare han kom dem, och till slut var det på gränsen till skrik. Det lät inte helt olikt spädbarn. Martin klev in i hagen och petade bort några nyfikna kultingar som var allt för korkade för ännu för att inse faran med en okänd människa. De pep som små råttor och sprang till sina övergödda mödrar i hörnen. Missnöjda grymtningar hördes och en större grishane ställde sig upp för att visa vem som bestämde. Martin bara flinade åt honom och tog sig an en unggris, som han lätt kunde brotta ner.

Det gick ovanligt lätt och grisen varje skrek eller gnydde, som om den var förlamad av skräck. Martin blottade sina huggtänder och satte dem först försiktigt mot grisens hals och punkterade sedan halspulsådern med ett snabbt och hårt bett.

Blodet sköljde över hans ansikte och han svalde det han hann med. De andra grisarna gömde sig i mörkret och studerade sin väns sprattlande dödskamp. Martin kände sig lycklig och kunde känna en enorm energi forsa igenom honom. Det var inte bara på grund av blodets kraft, utan av känslan att ta en annan varelses liv.

När han var klar var han genomdränkt med blod och han sprang snabbt från gården mot en närliggande badplats. Inte den populäraste platsen att hänga på, och den steniga stranden och ojämna botten höll stökiga, nattlevande ungdomar borta. Han fick vara i fred och kunde få bort de mesta av blodet, men skulle bli tvungen att dumpa tröjan någonstans. Den var insmord i blod, skit, piss och lera och skulle aldrig kunna gå att få ren igen.

Han hörde inget mer om grisen, men antar att gubben bara slaktade och tvättade resterna och sålde köttet, snål som han var. Sedan var det inte mer med den saken.

Kanske var det då Martin blev en fullfjädrad vampyr, men den där intensiva hungern efter blod kom inte förrän senare, då han hade flyttat hemifrån och kunde härja fritt. Friheten att släppa loss allt, att få äta och dricka. Ta ljuvlig energi och göra till sin egen.

Fotografering hade varit en hobby sedan de sena tonåren och det hände att han sålde bilder till nyhetstidningar och månadsmagasin. Martin var kopplad till en bildbyrå och tjänade då och då en extra slant på sina fotografier, men det var inget han ville satsa på.

Det var nämligen nog med det han såg i bilderna.

Kameran, det var med den som Martin valde ut sina offer. Vissa har gåvan att kunna se på människor om de var rena och hade en positiv energi, och Martin valde bara denna form av människor. Han tog bilder på män som på något sätt attraherade honom och på något sätt, han kunde inte förstå hur, fångade han även deras aura på bild. Desto ljusare aura desto bättre, och var de mörka höll han sig borta. Befann sig auran en bit från huvudet, liksom som en gloria, betydde det att sjukdom fanns i deras gener och var på väg att utvecklas, till exempel cancer eller HIV.

Martin vill inte bli en del av det. Han ville få positiv energi i sig. Rent blod, blod som gjorde honom gott. Ibland var det med sorg som han insåg att den tilltänkta mannen i hans liv, ett liv lika kort som en trollsländas jämfört med Martins, förr eller senare skulle ruttna bort i någon otäck sjukdom. Han ville gärna dela med sig av denna kunskap, men lät bli. Han skulle bara bli betraktad som ännu en kvacksalvare bland alla andra, dessutom en kvacksalvare som inte kunde bota sina patienter; bara delge dem den hemska nyheten.

I sin lägenhet, i pärm efter pärm, hade han tusentals bilder på tänkbara män. Även de som var sjuka, som han kallade De Svaga, stod katalogiserade med plats, datum och annan information som han hade snappat upp.

Som vampyr fanns det nämligen vissa fördelar som hjälpte till i jakten: han kunde känna av personen, inte djupt, men tillräckligt för att kunna uppsnappa ett namn och ort. Sedan var det lätt att spåra om någon var tillräckligt intressant.

Han hade skrivit ut en bild och höll upp den i kvällssolen utanför hans balkong, och han kunde se mannen ordentligt: killen från stenhällen. Snygg, men inte söt som han hade tyckt när han först tog bilden. Det vackra vädret och det starka solskenet hade maskerat hans ansiktsdrag lite, och det var snarare mer slitet än oskyldigt och rörde sig om någon över fyrtio.

Naturligtvis gjorde det ingenting; hans aura var vacker och annorlunda. Martin hade aldrig sett något liknande, men det var långt ifrån mörker och sjukdom. Den vällde ut som en solfjäder av ljus, pulserande med naturens alla prunkande färger. Detta var en person som levde livet, njöt av det och skulle leva länge - om nu inte Martin satte stopp för det.

Något som han var väldigt sugen på.

Björn hette han. Han bodde i närheten av Stadshagens tunnelbanestation, i ett av höghusen. Han skulle vara lätt att spåra. Martin var hungrig, och det här var någon han ville ha. Nu.

Han trodde sig veta vilket hus som var det mest troliga, och kollade snabbt på nätet för att se vilka med namnet Björn som bodde där; det var inte svårt, det fanns två personer med det namnet. En bodde längst ner och den andra bodde högst upp. "Hans" Björn skulle aldrig bo långt ner, för det var en man som ville blicka ut över staden och känna sig som en kung och inte någon gammal tunnhårig man med en kommunalt tilldelad rullator i trappuppgången och en uttråkad mager katt i köksfönstret. Martin hade aldrig någonsin varit säkrare på sin sak. Det här var mannen han skulle ha, äta, dricka och återskapa i fantasin tusen gånger efter att han tömts på blod. Martin ansåg att det var en ära för den andre mannen, för Björn, att kunna få bli förevigad på detta sätt. Björn skulle aldrig bli gammal, bara finnas kvar i en unik människas inre. Som en energi. Som äkta liv.

Stadshagen var numera ett företagscentrum; var omringad av lunchrestauranger, religiösa friskolor och genom detta gick den ständigt smutsiga och stinkande Essingeleden. En gång i tiden hade Stockholms sista fattighus legat där, inte långt från tunnelbaneuppgången. Senast under tjugotalet ansågs Stadshagen vara ett ställe för fattiga, hemlösa och lösdrivare. En sommardag 1984 hade man hittat Catrine Da Costas styckade kropp i närheten, men allt det där var glömt nu; allt det otäcka och smutsiga. Nu vill människor bo där, i nyrenoverade stora lägenheter med utsikt över Karlbergssjön.

Martin hade naturligtvis med sig kameran. Fanns det tid och möjlighet blev det ett par fotografier på de blodiga resterna som minne.

Auran hade helt svartnat runt de döda kropparna och han gillade det. Det visade att han hade avslutat något som tagit trettio-fyrtio år att utveckla, en personlighet som raderats för evigt, snabbt och enkelt. För det var enkelt. Tänk om folk bara visste. Martin brukade placera efter-fotografiet bredvid det levande fotografiet, snyggt inklistrade i fotoalbum han förvarade bakom en fuskvägg i en av sina sovrumsgarderober. Det var sällan han gick tillbaka för att titta på sin historik. Bara ibland, när han var riktigt uttråkad.

Namnskylten var prydligt skriven tusch på ett papper som var instoppad bakom den lilla plastskivan. Martin gillade texten, även fast det var märkligt att den var handskriven. Inte likt ett privat bostadsbolag. Det brukar vara mer ordning och reda, i alla fall i den här delen av staden. Björn kanske flyttade ofta, bytte bostad och plats. Säljare? Martin visste inte vad han skulle tro. Han blev irriterad på dessa små detaljer som inte passade in i den prydliga tavla han målat upp framför sig.

Martin lade sin handflata mot dörren och kände efter. Det var något levande där inne. En människa, en man och det borde vara Björn. Han kunde inte känna av några andra organismer förutom de vanliga råttorna i huset och störningar av grannar som strök längst med väggarna i sina lägenheter. I det här fallet var det en gammal kvinna, lägenheten bredvid, och något som troligen var en katt eller en mindre hund i lägenheten under. Annars var det bara han och Björn.

Björn rörde inte på sig. Kanske låg han och vilade, eller degade framför teven. Detta skulle bli enkelt. Mycket enkelt.

Dörren var olåst. Martin hade känt på handtaget och fann att dörren gled upp utan några problem. Försiktigt tryckte han kameraväskan intill kroppen och gled in i den mörka hallen. Det var bara en myt att vampyrer hade bra syn om natten. De var inte ens nattvarelser. Bara ett påhitt från kyrkan för att hålla folk från att vara ute och festa under de nattliga timmarna. Synden skulle hållas i koppel ansåg man, och ett bra sätt var att inbilla människor om hur mycket otäckt det fanns där ute i mörkret.

I slutet av hallen kunde han se ett vardagsrum. Ena hörnet av en TV skymtade och utanför fönstren blev ljuset allt gulare och varmare av kvällssolen. Natten skulle knacka på snart, och Martin ville gärna få det avklarat snabbt, i alla fall själva dödande, som oftast kunde vara lite besvärligt och kladdigt. Beroende på offret naturligtvis.

En slarvigt vävd trasmatta klädde hallgolvet till Martins besvikelse och spegeln i hallen var dammig med spår av fingrar som dragits emot den. Han började ana oråd, men kunde för allt i världen inte förstår varför han anade oråd. Martin var inte rädd, men det var något som gjorde att han kände sig obekväm. För några sekunder funderade han på att backa ut ur lägenheten och bara glömma allt, gå vidare med livet och hitta någon annan. Det finns alltid andra möjligheter. Björn var bara näst i raden av perfekta offren. Det var bara det där med hans aura, vacker och perfekt och självsäker.

En svart skepnad kom emot honom, ut från en av garderoberna i hallen. Den slog upp dörren och drog ner någonting från väggen som gick sönder med en kraftig smäll. Martin backade instinktivt åt sidan för att undkomma skepnaden, men den hade redan förutsett hans rörelse och lade sin tunga kropp mot Martins bröstkorg och slog ner honom hårt i golvet. Martin kände hur han för en kort stund tappade andan, men lyckades sedan rulla åt sidan med skepnaden först över sig och sedan inklämd under det som sekunderna innan var ett hallbord. Bordsbenen vek sig som om de vore gjorda av papp och skepnaden - varelsen - vrålade av ilska.

Martin kom snabbt på fötter, men befann sig nu med vardagsrummet i ryggen och utgången bakom varelsen. Han tittade bakom sig, ignorerade fönstren eftersom vampyrer tyvärr inte, vilket han beklagade nu, inte kunde förvandla sig till fladdermöss och flyga iväg ut i natten. I stället letade han efter något tungt han kunde kasta på anfallaren.

Spegeln som träffade hans ansikte lade en fuktig matta av blod över ansikte, rann ner i ögonen och förblindade honom. Han skrek till av smärtan och kände hur tänderna växte fram i ren ilska. Han var inte rädd, men förbannad och sårad. Händerna hade träffats av spegelsplitter och varje gång han försökte få loss bitarna ur ansikten och ur det vänstra ögat, kilade han bara fast dem mer och spred mer splitter i huden och de öppna såren.

Sedan var han övermannad.

Björn kastade sig över Martin och satte sina tio centimeter långa klor i bröstet på honom, bände upp revbenen och körde ner nosen i innanmätet och njöt av köttet och blodet som han ivrigt slickade i sig. Han kände igen Martin. Killen hade skuggat honom vid ett par tillfällen nu, både på Frescati och inne i staden. Det var med en nyfiken och nästan kärleksfull längtan som han såg fram emot deras första officiella möte.

Detta var sannerligen mer intressant än att äta upp någon ute i skogen.

Martin tittade upp mot Björn. Hans aura var verkligen vacker och ovanlig och färgstark; som ett barns teckning. Inget svart, inget mörka dova färger. Martin kände sig faktiskt lycklig, att få kunna bli en del av denna människovarg. Björn var perfekt. Han var lycklig. Han visste vem han var och kunde självsäkert kryssa genom Stockholm på jakt efter nya offer. Att han på sätt och vis var motsatsen till Martin, och ändå lika, gjorde att det inte gick att avgöra något avvikande med honom.

Martin kände ingen smärta längre. Det var bara en värme som spred sig kroppen, och ett pulserande

mönster av grå-vitt ljus som långsamt och metodiskt
tog över hans synfält tills han inte kunde se längre.

Det var väl det här som var döden?

Jodå, det var det. Vilken fantastiskt upplevelse.

Han kände sig ganska nöjd ändå. Kunde ha slutat
värre.

Khanom.

"Stupid!". Han hade kallat mig för idiot flera gånger den veckan, och den där säregna thailändska brytningen började gå mig på nerverna. Jag hade hört det ordet många gånger nu att stinget i hjärtat inte kändes lika mycket längre. Hade det tidigare varit ett svärd var det nu en nål. Men det fanns där ständigt och det gjorde ont.

Jag bet ihop. Dum som jag var, men jag älskade honom. Det där vackra breda leendet, vita tänder och klara, nyfikna ögon. En liten mustasch som han försökte se elegant ut med och antydan till hår på hakan. Han hade inte rakat sig den där morgonen.

Nu satt han där vid baren, pratandes med bartendern som han kände sen tidigare. Själv sippade jag på en Pink Lady och försökte undvika killarnas nyfikna blickar. Kändes pinsamt. En tjock västerlänning på en typisk boybar; en bögbar med unga män som gärna satte sig i knät på en när man minst anade det. Ägaren, Pairoj, en smal medelålders man med skrattrynkor och små pliriga ögon satte sig i knäet på mig och ropade något på thailändska till Dhont. Båda skrattade och jag kände att det inte var något elakt. Pairoj gillade mig. Kanske inte som älskare, jag var nog för tjock för det, men som vän.

Grabbarna runt om i baren log mot mig och jag slog genast bort blicken. Drack lite av min rosa drink. Vilken semester. Sitta och dricka bögdrinkar på en bögbar i Chaweng Beach. Inte illa, trots den cyniska handeln med människor som det till en viss del handlade om. Det var okej. Ja, om det inte vore för Dhont.

Det finns inget som heter kärlek vid första ögonkastet, däremot finns känslan av ensamhet vid första ögonkastet, och då fångar man den chansen att inte vara ensam längre och tvingar sig till att bli förälskad.

Dhont var en sådan känsla. En sådan lösning.

Han hade haft en spännande profil på en dejtingsida och den långa texten med dålig engelska ackompanjerades av mycket charmiga bilder föreställande breda leenden och fina överkroppar. Jag skrev och berättade att jag blev glad över hans text och tyckte bilderna var fina. Han skrev tillbaka. En vecka senare hade han bokat biljett till Sverige och här var vi nu, ett år senare, på en bögbar på Koh Samui. När jetlagen knappt hade gett med sig var vi på spa och tog det lugnt, letade efter bio att se på, promenerade i Bangkoks shoppingdistrikt, åt på gaturestauranger och köpte billiga DVD-filmer. Det var som en helt ny värld hade öppnat sig för mig; en värld av frihet och glada människor.

Väl på Koh Samui hade vardagen planterat sin tunga känga i mitt ansikte redan efter några dagar. Bad och sol var inte min grej och Dhont blev mest irriterad när jag inte ville dyka eller klättra i berg. Vissa saker mår man bäst av att se på avstånd. Jag var nöjd med det, men Dhont krävde mycket, mycket mer. Allt skulle vara på hans villkor. Egentligen borde jag ha satt stopp för det hela på en gång, men jag höll mig kvar och inbillade mig att det var kärlek. Det kanske var kärlek också, men det var inte kärlek på bådas villkor.

Vi hade tröttnat på att gräla i hans lilla hus och begett oss ut i natten för att försöka dansa, dricka och tänka på annat. Givetvis försökte Dhont läxa upp mig i allt. Lära mig genom att vara elak. Lära mig genom att vara arg. Sådant där fungerar inte på mig och till slut hade vi blivit sittande i hans väns bar. Varje drink kostade 170 baht, vilket i svenska kronor blir ungefär 34 kronor. Dyrt i Thailand, billigt i Sverige. Killarna var anställda att bearbeta kunderna att köpa drink efter drink. Deras artiga frågor om liv och karriär blandades med fler drinkar och inställsamma flörtar. Alla var väldigt artiga givetvis, men ibland landade en hand på låret och ett par mörka, nästan bedjande ögon som penetrerade ens blick.

Jag blev alltid lika generad. Dhont verkade bli rastlös. Han ville gärna inte vara för länge på ett sådant ställe. Kanske för att det enligt hans tradition inte var bra med att mer eller mindre umgås med prostituerade, men själv trivdes jag. Dom log och var glada i alla fall, till skillnad från killen jag var tillsammans med.

Mopeden var parkerad vid en konstgjord liten vik med stenlagda promenadstråk runtom. På andra sidan låg en stor bar och restaurang där man skröt om det stora reggae-utbudet. En anordning för bungyjump reste sig upp i natthimlen och Dhont frågade mig på skoj om jag var intresserad av att prova. Givetvis inte. Det visste han. Men han vill bara vara sarkastisk över mitt nej och säga att han vad glad över att ha fått en sådan äventyrslysten pojkvän. Jag ignorerade kommentaren och tänkte mer på kvällen före då han desperat försökt lära mig biljard och i ilska avslutat partiet i förtid eftersom jag inte lärde mig tillräckligt snabbt. Dum, det var jag det enligt honom.

Jag kände mig stressad. Visste inte vart jag skulle ta vägen. Ville bara hem och sova, men jag visste att det skulle utföras en massa rutiner först. Dusch, disk, borsta tänderna, göra situps. En massa tröttsamma krav. Jag levde i en relationsmässig mardröm på sätt och vis, som långsamt eskalerade. Nästa morgon skulle vi ta cyklarna och bege oss till Khanom. Jag ville bara sova.

Sju på morgonen tvingade Dhont upp mig. Det var flera timmar tills färjan gick och jag var oerhört trött, brydde mig inte ens om de myggor som hade letat sig in över natten. Något som givetvis var mitt fel enligt honom. Cyklarna hade vi lånat av vänner, de enda som fanns tillgängliga. Handbromsar, vilket jag hatade, och ingen pakethållare. Ryggsäckar och kreativt användande av rep som gällde alltså.

Det var minst 30 grader i skuggan när vi anlände till färjan, givetvis i alldeles för god tid. Vi parkerade cyklarna och medan Dhont sprang i väg i något ärende satte jag mig i hamnens restaurang och beställde nudlar med kött samt varsin Red Bull till oss båda. Gubbarna bredvid mig vid det avlånga bordet såg till att jag fick vatten. Dom log med tandlösa leenden och väntade säkert bara på att se den tjocka västerlänningen spotta ur den kryddstarka maten med ett skrik, vilket jag inte gjorde. Med ett års thailändsk matlagning under bältet var jag van. Jag log tillbaka och tog ännu en tugga.

Dom tittade på min Buddha. Den jag hade runt halsen. Jag minns inte namnet på den, men enligt Dhont, som hade gett den till mig, var den speciellt kraftfull och hade oanade magiska krafter. Den kunde skydda mot knivhugg och skottlossning. Uppenbarligen även tatueringar, eftersom han hade bett mig ta av den när jag tatuerade mig veckan före.

Dhont hade kommit tillbaka till bordet. Han växlade några ord med gubbarna och jag frågade vad de hade sagt. Det var sällan som han ville översätta, men denna gång hade gubbarna blivit imponerade över min Buddha och pratat om hur man en gång i tiden hade tagit några arbetare från Kambodja och testskjutit på dem när de burit Buddha-symbolen. För att se om de överlevde. Om de gjorde det vet jag inte. Dhont sade inget mer och jag orkade inte fråga. Eller rättare sagt, jag ville inte veta.

Det var väl inget fel på färjan. Den var välanvänd och färgen flagnade av rostangrepp, men hade en enkel VIP-avdelning där man betalade 10 baht extra för att sitta. Det fanns en liten TV där och stolarna var lite mer bekväma, men bara knappt. I detta fall av plast och med enkla sittdynor istället för de träbänkar som fanns på resten av båten. Jag sov under större delen av resan; det bästa sättet att undvika bråk.

Hamnen i Khanom påminde om Plutonia, den smutrostiga ön i Resan till Melonia, men runt den vingliga konstruktionen bredde sig en King Kong-värld ut. Toppiga berg, djupa dalar och tät djungel. Jag tog ett kort på Dhont och han duckade samtidigt, som för att undkomma att bli fångad på bild. Han ler brett på bilden. Ett sådant där ögonblick där man tvivlar på om man verkligen har rätt, är han verkligen elak mot mig?

Vi fick klättra ner på bildäck på en liten smal stege. Bilarna och lastbilarna var för trångt parkerade för att vi skulle nå våra cyklar. En man med ett brett flin tog emot mig för att jag inte skulle halka och han sade något som jag antog var "skynda på" eller liknande. Vi måste snabbt av båten. Nya fordon och nya människor skulle ombord, och det snabbare än vad ett normalt säkerhetstänkande krävde.

Jag kände mig fräsch och pigg. Redo för vad som var tänkt att bli dryga femton mil cyklande. Vi skulle ut till en avlägsen strand som inga turister orkade ta sig till, titta på delfiner från strandkanten och naturligtvis nattbada med lysande insekter surrandes omkring oss. Magen kändes bra. Den brukar alltid protestera de första veckorna i Thailand. Arg över att inte få den vanliga dosen av skandinaviskt fett och istället äta soppa på kycklingblod, på tok för mycket grönsaker (alltid plockade av Dhont direkt från djungeln) och

116

minst en energidryck varje dag. Jag hade passat på att besöka toaletten på båten och även där förvånats över att det var samma konstruktion som på fastlandet, nämligen ett hål i golvet med väl markerade platser för fötterna att stå på. Sedan var det bara att huka sig och försöka träffa rätt.

Klockan var redan halv fem och solen hade börjat sänka sig ner över de gröna bergen. Dhont var lite stressad. Vi behövde komma till hans syster innan det blev mörkt, men det kändes hopplöst då vi skulle behöva hinna flera mil på en halvtimme. Vi kryssade oss ut mellan lastbilar fyllda med grisar, överlastade mopeder, ett par förvirrade backpackers med blå hattar och klumpiga ryggsäckar. Sedan låg vägarna öppna för oss. Stora betongfundament delade av vägen till en början, men det dröjde inte länge förrän vägen blev smalare, gränsen mellan civilisation och djungel suddades ut och de vita markeringarna blev allt slitnare och svagare. Det blev snart mörkare och skuggorna från träden fick allt att smälta ihop. Ibland var jag osäker på vart vägens kant slutade, men jag följde Dhont som var mer självsäker på sin cykel.

Man behöver ingen klocka i Lilla Siam. Sex på morgonen går solen upp. Sex på kvällen går den ner. Varje dag året runt. Det hade sina fördelar givetvis, men som skandinav och van att solens tider förändras beroende på vilken årstid det var kändes det förvirrande. Man stiger upp sex på morgonen, oavsett man är trött eller inte. Den heta solen letar sig in överallt och det underlättade inte att den väcker arbetare, djur, trafik och ännu mer djur till liv. Är det inte små apor eller skrikande geckos är det mopedernas puttrande som fick vara väckarklocka.

Dhont pratade där framme. Givetvis hörde jag inte vad han sade, men han lät som vanligt besvärad och sur. Det hade svartnat rejält nu och vi såg bara några meter framför oss. Snart skulle marken under oss försvinna och vi skulle cykla i blindo, för givetvis fanns det inga gatlyktor. Jag nästan skrattade fram en svordom när jag insåg att ingen av våra cyklar hade lysen, och det var nog det Dhont hade insett också. Han vinkade fram mig för att prata lite. Vi behövde lampor. Då och då kom det en bil med hög hastighet och körde förbi oss, ingen som kunde ha sett oss förrän ett par meter innan. Bilens lyktor kastade ett tillfälligt ljus och vi kunde sikta in oss på vägen igen istället för att hamna nere i diket tillsammans med allt äckligt som kunde finnas där. Jag rös vid tanken.

Vi närmade oss ett par hus och Dhont gestikulerade att vi skulle svänga in. Det var en bar, eller vad man nu ska kalla det, byggd av enkla plankor, plåttak och med ett brusande kylskåp som central punkt. Ett par äldre män med blanka ögon och gula tänder hälsade på oss genom att nicka.

"Wait here". Dhont försvann in i skjulet och jag såg att han log mot någon där inne. Gubbarna tittade nyfiket på mig och jag log tillbaka, sedan försökte jag hitta något annat att titta på. Jag försökte undvika att komma i samspråk med lokalbefolkningen, dels för att ingen av oss ändå skulle kunna förstå något och dels för att jag kände mig uttittad. När man kommer ut på landsbygden i Khanom kan det dröja dagar innan man ser en västerlänning och folk är lika nyfikna på en själv som man är på dem, men just nu orkade jag inte.

Gubben som satt närmast höjde sitt glas mot mig och sade något. Han skrattade och tittade på sina vänner.

Det var någon form av hemmabränd sprit, smutsgul. Jag skakade artigt på huvudet och höjde handen som ett tack. Dhont kom ut och skrattade och påpekade att det nog var bra att jag tackade nej. Han hade en ficklampa, den hade kostat femtio baht; runt tio kronor. Någon minut senare cyklade vi återigen ut i mörkret. Dhont körde snett bakom och lös upp mig med lampan, samtidigt som jag försökte leda vägen till en plats jag inte visste vart det låg. När en bild närmade sig vände Dhont på lampan och visade föraren att det var två cyklister på vägen. Jag brukar inte be, men denna gång bad jag till högre makter att vi inte skulle bli krossade av en illa balanserad lastbil eller påkörda av några överförfriskade turister.

Jag är nog inte den enda som tänker på gamla Universalskräckisar när skallen började ljuda. De flesta gårdar har mer än en hund, vilken antingen är husets egen hund eller lösdrivande hundar som hade lagt beslag på gården vare sig ägarna vill det eller inte. De försvarar sin egendom genom att attackera inkräktare, och det var precis det som hände. Första gången höll jag på att tappa balansen, vilket var enkelt med den tunga packningen. En spökgrå, mager hund med halvblinda ögon kastade sig ut på vägen direkt efter mig och började skälla vildsint. Den högg efter mina fötter och gjorde tafatta försök att slita av mig från cykeln och ner på marken. Strax efter kom fyra hundar och började springa runt omkring oss, väldigt aggressiva och med fradga runt munnarna. Dhont sparkade till en hund och jag kunde höra djurets ylande flera hundra meter efteråt. Efter en kort stund övergav hundarna oss, men detta upprepades vid samtliga gårdar vi åkte förbi, då nya hundar dök upp och krävde uppmärksamhet.

"Why do they do this?" ropade jag till Dhont.

"Because they have never seen anything so stupid like us two" skrattade han och menade givetvis idiotin med att cykla på det viset vi gjorde. Jag skrattade också. Detta var äventyr, något jag aldrig skulle kunna uppleva hemma i Sverige.

Varken jag eller Dhont gillade hur man behandlade hundarna i Thailand. Ibland kunde man se djur med stora tumörer hängandes från arslet, sönderrivna och blodiga efter slagsmål med rivaliserande flockar eller bara trötta, gamla hundar som låg och väntade på döden framför någon 7-Eleven, det stället där de garanterat kunde få lite mat utan större ansträngning. Vid vår förra utflykt hade jag upptäckt en liten hundvalp ståendes långt ute på landsbygden. Lite större än en kattunge och glatt viftande på svansen. Den hade stannat mitt på en hårt trafikerad väg och jag försökte mota den mot kanten. Den verkade glad: äntligen någon, jag, som gav den uppmärksamhet och brydde sig. Naturligtvis kunde vi inte ta med den och synen av den som sprang efter min cykel, glatt skällande, när vi lämnade den ensam vid vägkanten kommer jag aldrig att glömma. Dhont var mer cynisk. Han hade sett det många gånger och stängde av känslorna. Den skulle dö ändå. Bara att acceptera läget.

Det skulle inte vara allt för långt kvar nu och jag började bli ordentligt trött i benen, och trots kvällskylan rann svetten ner för kroppen. Dhont, som var vältränad, cyklade på utan några problem. Hur kunde han ha glömt att det inte var lampor på cyklarna? Det var inte första gången han cyklade här och inte första gången det skedde i mörker. Jag tittade ner där lampan skulle ha suttit och det avslöjade nya skrapmärken i lacken, som om det suttit en lampa där. Hade han sålt den? Han behövde pengar ibland. Men han kunde inte ha fått mycket för den. Idiotisk tanke. Jag kunde inte se hur det såg ut på hans cykel, vågade inte vrida på huvudet av rädsla att cykla rakt in i något. Bufflar kunde ibland vandra upp på vägen utan att se sig för, och en stor svart buffel i natten kunde lätt orsaka en olycka.

Vi kom in i ett tjockt skogsparti. Vägen kröp ihop och blev allt smalare, kurade sig som en sovande orm och avslöjade oändligt med svart djungel på båda sidorna. Varken jag eller Dhont sade något. Dhont verkade spänd och inte ens när han av misstag nästan tappade ficklampan sade han något. Det var som om vi hade åkt in i en skrämmande sagovärld, med trolska grenar som skrapade oss i huvudet och asfalt som hade spruckit av grova rötter som tryckt sig genom och åratals slitage av jordbruksmaskiner. Jag började säga Dhonts namn och han hyschade mig på en gång. Jag orkade inte debattera med honom utan tystnade nästan lättat. Han kunde få för sig väldigt mycket saker. Som det naturbarn han var hade han upplevt mycket som för en västerlänning kan verka helt absurt, men jag hade vant mig vid det här laget. Dhont var inte som andra. Han var speciell och ville han att man skulle vara tyst då var det lika bra att vara det. Jag noterade att han började komma ifatt mig och att lampan började glida allt längre framför mig. Han hade ökat farten. Jag försökte säga något, vad som pågick, men han sade inget. Bara fräste. Hyschade. Cyklade snabbare.

Ett barn började skrika. Gråta. Ett spädbarn. Det strax bakom oss och ekade mellan trädstammarna. Det lät nästan konstgjort, som om någon försökte imitera ett barn. Skriket ökades och gråten blev allt mer förtvivlad. Jag frågade Dhont var det var, men han fräste att jag skulle cykla fortare och inte säga något. Barnets gråt började dö ut och jag tvekade. Var det ett djur? Men vilket djur låter på det sättet? Jag tvärbromsade, tappade nästan balansen och lät ryggsäcken falla ner på marken tillsammans med cykeln. Dhont tvärstannade och stirrade på mig.

"What the fuck are you doing?"

Han verkade uppriktigt rädd. Men jag kunde inte fortsätta, jag var bara tvungen att vända tillbaka. Barnet hulkade och började gråta högt igen. Isande kallt, inte mänskligt, men ändå lockande. Det kanske hade fastnat någonstans. Det kanske var skadat.

Jag började gå hastigt mot ljuden, ignorerade Dhonts arga utrop bakom mig.

"Fuck off" var det sista jag sade till honom innan jag lämnade vägen och gav mig in i den täta, övervuxna djungeln. Vegetationen stängde som en tung, ogenomtränglig port bakom mig och det lilla ljus som kom från Dhonts ficklampa där ute på vägen blev allt svagare. Han ropade men jag låtsades inte höra.

Efter någon minut hade ögonen vant sig vid skogen och månljuset som sipprade ner mellan trädkronorna hjälpte en aning. Gråten var svag, men det var ändå lätt att följa ljudet. Vem fan lämnar ett barn här ute? Vad har hänt? Jag svor när jag trampade mitt i ett nystan av tunna rötter som nära satte krokben för mig; som om någon tog tag i min ankel och ville hindra mig från att gå vidare och dra ner mig i den fuktiga myllan. Människor kunde försvinna här ute, det hade Dhont sagt och han var inte angelägen om att vi skulle ströva omkring i djungeln hur som helst. Han var väldigt arg där borta på vägen och jag kunde fortfarande höra hans rop och svordomar. Sedan blev det tyst till slut. Jag brydde mig inte längre. Rötterna blev allt mer täta och det var svårt att hålla balansen. Det var nästan irriterande, men tankarna drogs till snorklingen någon gång dagarna före. Vi hade snorklat på grunt vatten utanför Samui och jag hade skrapat upp magen mot koraller. Humöret var inte det bästa och det blev inte bättre av att vi var tvungen att gå den sista biten in mot den lilla ön. Botten och stranden bestod av stora stenar, vassa och kantiga, hala och farliga. Ilskan mattades först av då Dhont visade hur man kunde äta av ilandflutna kokosnötter och berättade om något äventyr han hade varit med om. Tacksamt nog tog vi en annan bit hem igen, långt från de där jävla stenarna. Allt det där kändes långt borta nu och på något sätt längtade jag tillbaka.

Det kändes som om någon rörde vid min rygg, och jag fäktade med högerarmen bakom mig för att få bort eventuella djur och insekter. Tanken att det skulle kunnat vara en orm eller något större djur slog mig inte då, den mystiska gråten var det enda som höll min koncentration just då.

Jag stelnade till. Någonstans framför mig rörde sig något, en skepnad stor som en människa smälte ömsom in i mörkret och ibland blev den tydligare i månskenet. Vet inte om jag inbillade mig, men ett par ögonvitor skymtade i det svarta.

"Hello?"

Ingen svarade. Det kunde ha varit en synvilla eller något, eller kanske en makak som hängde i ett träd som tittade på den svenske idioten i kakishorts och färgglad kortärmad turistskjorta. Bara ett par apögon som blänkte, det måste det vara. Jag skakade bort tanken på nattliga apor och mörka gestalter och fortsatte framåt, mot ljudet av barngråt.

En isande fukt slog emot mig när jag rundade ett väldigt träd och hann inte stanna när plötsligt skriket och gråten lät som om det kom nedanför mig, framför fötterna. Sekunden senare trampade jag på något mjukt och utan att ens tänka efter hukade mig ner. Barnet skulle ha skrikit om jag hade trampat på det, det måste vara något annat.

En våldsam lukt slog emot mig och jag tänkte näsa och mun med handen, trampade bakåt och slant med foten vilket gjorde att jag blev stående på ett knä med andra benet vridet bakom mig. Det gjorde ont, men tanken på smärtan försvann i samma ögonblick som jag fick syn på det.

En vit liten kropp låg framför mig. Knubbig, blek och hårlös. Två blanka döda ögon tittade upp mot mig. Munnen var halvöppen och något som kunde vara en maskäten tunga stack ut. Jag skrek till och försökte dra mig bakåt i mörkret. En rot uppenbarade sig från ingenstans och jag slant igen men började istället hasa mig, med ryggen mot marken, bort från barnliket. Den sista värmen i min kropp försvann och lederna kändes stela och tilltygade. Tårar fyllde ögonen och gjorde det svårt att se. Jag kröp rakt in i ett par människoben. Jag kände att det var ben. Det var ingen trädstam. Ingen sovande buffel. Ingen sten. Det var någon som stod och tittade ner på mig.

Kvinnan var naken och köttet var uppsvullet. Huden var skrynklig som på samma sätt fingrarna blir när man stannat för länge i badkaret. Det rann en svart vätska från hennes tomma ögonhålor och hon började långsamt böja sig framåt över mig, med fingrarna spretande som döda, kala grenar. Det var nästan som om hon vore tyngdlös där hon kom allt närmare, med raka ben och utan fötter utan rörelse. Hennes bröst var fastklibbade mot huden som våta plastpåsar och när tyngdkraften blev för stor lossnade en bit av hennes skinn från köttet och ut vällde det vita, långa maskar. De föll på mig. Ner i munnen, på ögonen. Jag sprutade ut maskar mellan läpparna och skakade på huvudet, försökte krypa därifrån. Sedan föll hon över mig och jag försvann.

För ett ögonblick var jag inte i mörkret längre. Jag och Dhont satt på stranden och drack en Siam Sato, en billig ciderliknande dryck. Åtta procent alkohol. Åtta kronor på 7-Eleven. Vi hade grillat en färsk fisk och för första gången hade jag testa att äta musslor, vilket var förvånansvärt gott trots allt dess snoriga yttre. Vi var båda fulla. En vän till Dhont var där också. Han kunde inte ett ord engelska, men vi kom bra överens. Han försökte lära mig thailändska uttryck för maträtter. Dhont verkade vara lite irriterad över vår gemenskap, kanske lite svartsjuk. Men han log ändå. Bättre lite glädje än ingen alls.

Mörkret hade sedan länge lagt sig och vattnet hade dragit sig tillbaka. Långt där ute kunde jag se fyra ljussken. De vandrade fram över vattnet. Tysta och rakt mot oss. Dhont och hans vän tittade också, men de sade inget. Bara drack av alkoholen och lade på mer ved, som bestod av torkade palmblad, på elden. Ljusskenen svävade över vattnet och det var inte förrän de kom närmare som jag såg att det fanns tillhörande kroppar också. Smala, mörka människor med pannlampor. De log inte. De sade inget. De vandrade med blickarna ner i vattnet. Ibland böjde någon sig ner och plockade upp en ilsken och sprattlande krabba. Det var Isan-folk, från det fattiga området i Thailand. Folket som arbetade hårt och billigt, drack konstant och tittade på Panna Rittikrai-filmer på kringresande drive in-biografer. Deras arbetskraft hade nästan slagits ut av ännu billigare kambodjaner och många samlade ihop till mat eller för att sälja på det här sättet. De var bara tre meter från oss. Dhont höjde sin flaska och sade något till det dystra sällskapet. Men de svarade inte, bara gick vidare med sina pannlampor och plastpåsar. Det var kusligt och det var vackert, något jag aldrig kommer att glömma.

Sedan vaknade jag upp. Det fanns ingen ovanpå mig. Kvinnan var borta. Jag hade inga maskar i ansiktet längre. Jag spottade och försökte få ut eventuella rester ur munnen, men det kom bara saliv. I mörkret hittade jag till slut fickkniven som hade ramlat ur fickan. En schweizisk armékniv som jag hade fått av Dhont. Med ett klickande ljud fällde jag ut den och kände på bladet. Det inte sågen eller den helvetiskt usla saxen jag fällt ut, utan kniven. Kom den där kvinnan tillbaka skulle jag skära henne! Hade hon dödat sitt barn? Vad fan hade hänt egentligen? Jag kände mig upprörd och jag skakade av adrenalinpåslaget.

Jag kände något kallt runt min kropp, först på axlarna och sedan längst med midjan. Det var ett par händer som grep tag om mig bakifrån och försöka lyfta mig.

Jag reagerade snabbt. På tok för snabbt och snurrade runt och satte kniven i halsen på kvinnan. Hon gurglade och ramlade bakåt med handen över det gapande hålet i halspulsådern. Sedan såg jag att det inte var den ruttnande kvinnan.

Dhont såg förvånad ut och tappade balansen samtidigt som livet sprutade blodigt ur honom. Dhont. Det var Dhont. Jag föll ner på knä och kröp fram till honom, slet av mig skjortan och försökte till täcka såret i halsen, men det var för sent. Det gick inte att stoppa blodet! Dhont kippade efter andan och försökte säga något. Men sedan lugnade han ner sig. Han tittade upp på mig med sina mörka ögon och log. Han viskade något. Någon som jag redan visste sedan länge och jag kände hur det brast. Tårarna började fylla mitt ansikte igen. Började verkligen hata den där salta smaken. Dhont släppte taget om skjortan och grep tag i min hand. Han tittade mig i ögonen. Släppte mig inte med blicken. Jag försökte säga något, men min röst brast. Han klappade min hand och slöt ögonen. Sedan var han borta.

Jag hade gått flera timmar. Halvt kvävd av gråt och tårar, tills att en familj plockat upp mig. De såg blodet och mitt tillstånd och körde mig till närmsta polisstation. Ingen kunde engelska. Ingen jävel kunde engelska och jag ville bara prata. Berätta hur mycket jag älskade honom.

I Thailand omvandlas automatiskt dödsstraff till livstid. Det var okej. Det hade inte gjort något om det blivit döden, men det var inte meningen den här gången. "Do good, get good" och tvärtom, som Dhont brukade säga. Jag blev nästan sur över självgodheten. Men det var sant.

Jag har fått en egen liten cell på grund av risken för misshandel, men det var ingen som oroade mig. Med pengar klarade man sig fint i ett Thailändskt fängelse. Ny pojkvän har jag också, en kille som jag tog under mitt beskydd två år efter det som hände med Dhont.

Han får bo hos mig ibland. Jag brukar ge vakten hundra baht och sen bryr han sig inte.

På väggen har jag en billig utskrift av ett foto, det föreställer Dhont.

Han är precis på väg av båten till Khanom. Han hukar sig som för att undvika kameraögat. Han ler brett. Det vita tänderna tar över hela bilden. Väldigt sött. Bara han är i skärpa. Sista kvällen i Khanom.

Jag älskade honom.

Flirtr.

Appen som Jonas laddat ner hette kort och gott Flirtr.
Antagligen skulle det uttalas med någon påhittat
amerikansk brytning för att faktiskt låta som Flirter och
inget annat.

Man hade designat loggan med ett stort F och två
stora R. Jonas förstod inte riktigt poängen med detta,
då R'en inte riktigt hade någon logisk betydelse. I alla
fall det i mitten. Men det såg ganska bra ut och loggan
var snygg och välpolerad, lagom trendig och syntes
klart och tydligt bland de andra ikonerna i sin gyllene
orangea design. Han använde mobilen till allt annat än
att ringa med. Det var ändå ingen som hade lust att
ringa honom och det dög bra med Facebook, Twitter,
Tumblr, MSN och till och med Skype när hans envisa
mor startade ett videosamtal, något han hatade, för att
förhöra sig om att han mådde bra en till två gånger i
veckan. Att prata var något han sällan gjorde ensam i
sitt hem, det sparade han till jobbet och när han
träffade vännerna i "det riktiga livet", IRL som vissa - t

135

till exempel han själv - fortfarande använde som förkortning på webben.

Han hade installerat appen på vägen hem från jobbet och nyfiket fyllt i uppgifterna som angav att han var singel, sökte dejter, förhållande och att han var 32 år och var snäll. Han skrev det sista med viss eftertänksamhet. Det lät lite väl mesigt, men och andra sidan ville han inte inbilla eventuella intresserade att han var någon hårding, att han var tuff och trendig. För det var han inte. Istället var han en blek, finkornig blondin med drag av rött hår och viss överkänslighet för solskenet om sommaren. Arkivet var hans andra hem. Han kompenserade ordningen på arkivet med kaoset hemma i lägenheten. Böcker, filmer, tidningar låg utspridda som en orkan farit fram och prydligt staplat alla i högar från golv till tak. Det var inte smutsigt, bara rörigt för den oinvigde.

Flirtr pep till och genast fylldes skärmen av alla som var uppkopplade inom de närmsta milen. Man var tvungen att godkänna att programmet kontrollerade vart man befann sig. 562 meter var den närmsta, en äldre man som försökte se ung ut med blonderat hår och solglasögon. Det lyckades inte. Det var en mängd olika killar, de flesta med barbröstade bilder och solbrända anleten. Någon med nicket "Stumpen" skrev genast och frågade om han var kåt. Jonas ignorerade honom och stängde av, kopplade ur. Vad skulle han göra där egentligen? Det fanns inget för honom.

Istället fokuserade han på dagens middag, skulle det bli pyttipanna eller någon enkel pasta? Han kände sig lat. Det vibrerade i väskan. Telefonen kanske ringde och han plockade upp den. Det gjorde den inte, men Flirtr var fortfarande på. Han hade enbart förminskat den, inte stängt av den. Någon hade skrivit till honom, en vacker kille som hade gett sig namnet Fredrik28 och som log fint på sitt selfie.

Jonas kunde inte riktigt placera honom, tyckte han verkade bekant. 15 meter. Längre bort fanns han inte. Jonas fick gåshud, inte av rädsla utan av upphetsning, det där flört-pirret som darrade till ibland när det kändes spännande. Fredrik28 hade skrivit något också. *"Hej"* stod det, inte mer.

"Hej på dig", skrev Jonas tillbaka. Några sekunder senare vibrerade det igen.

"Jag såg dig allt på stationen. Såg du mig?"

Jonas log.

"Nä, vilken vagn sitter du i? Är du på tåget nu? :)"

Det tog nästan en minut innan svaret kom, och hjärtat började bulta snabbare. Kändes det som i alla fall.

"Du får gissa. Jag väntar."

"Hmm... ok..."

Om Jonas tryckte på uppdateringsknappen kunde han se om avståndet till Fredrik28 förändrades. Eftersom det bakom honom bara var en vagn tills nästa del av tåget valde han att gå framåt. 14 meter. Det var fantastiskt, Jonas älskade den nya tekniken. 12 meter. Nu var det stationen före hans, han var tvungen att skynda sig. 11. 10. 8 meter. 20 meter. Fredrik28 hade flyttat på sig, eller kanske hade han hoppat av?

"Är du fortfarande på tåget?"

"Mmmm", svarade Fredrik28 tillbaka.

Det kändes som om hans riddare på vit häst bara rörde sig längre bort från honom och snart stannade tåget in på slutstationen och dörrarna öppnades. Jonas klev snabbt av och försökte se honom, men virrvarret av folk gjorde det omöjligt att hålla koll på alla. Han kanske var dvärg? Han skymdes av alla normallånga?

Jonas skrattade. Naturligtvis inte, men Fredrik28 var uppenbarligen leksugen. Han ville jagas, eller ville han jaga? Jonas tittade bakom sig. Perrongen var tom, en städare drog sin vagn mellan tågen.

Fredrik28 var inte inloggad längre på Flirtr. Jonas stängde av och bestämde sig för att glömma det hela. Bara en flört som alla andra, en flört som ändå inte blev något. Som vanligt, precis som vanligt.

Katten, som helt enkelt kallades Katten, rullade upp sig som en svullen kanelbulle och började spinna våldsamt när han kom in genom dörren. Det var varmt ute och balkongdörren stod på glänt inom några minuter. Snart var spisen igång och ett glas kall apelsinjuice stod bredvid datorn. Katten gick runt hans ben orolig, skrek och ojade sig, men verkade mest vilja gosa efter en lång dag av tristess.

"Du ska inte ha koll på tiden! Jag har bara varit borta i en halvtimme. Jag lovar!"

Katten verkade inte tro honom utan tittade upp med stora gula ögon och vrålade ännu högre. Maten, det var slut på maten. Han bände upp en burk av den billiga sorten, Kattens favoritmat, och slafsade ner en stor sked på plastlocket som fungerade som matbricka.

"Om du bara visste vad mycket annat gott det finns!"

Katten ignorerade honom och började slicka i sig det första lagret med gelé för att sedan hugga in på geggan där under. Någonstans där i bakgrunden hörde han hur mobilen, som låg på skrivbordet, vibrerade till. Han hade sedan länge som tradition att stänga av ljudet, det bästa sättet att bli stressad. En vibrering gjorde bara att han blev nyfiken och slapp skicka hjärtat på gatlopp. Han funderade på att koppla ur dörrklockan av samma anledning, men visste inte riktigt hur han skulle göra det. Tänk vad många Jehovas han skulle slippa, och jobbiga grannar som klagade på att katten klättrade för mycket på balkongen.

Det var Fredrik28 igen. 1,2 kilometer stod det. Han måste ha tagit buss eller bil från stationen.

"Sorry att jag försvann. Var inte meningen. Förlåt mig!"

"Vad hände?"

Jonas höll det kort. Han var inte sugen på att ge sig in i någon lek. Det fanns alltid en blockeringsfunktion om han skulle bli jobbig.

"Några polare dök förbi. Jag är inte öppen för alla."

Jonas svarade inte. Han ville se om det fanns något seriöst intresse eller om det bara var tomma ord.

"Du är snygg i alla fall. Jag skulle kunna göra något med dig... ;)"

Vad menade han med den ironiska smileyn? Att han inte menade det han skrev eller att han ville knulla men inte vågade skriva det för seriös?

"Din rackare där!"

Jonas gapskrattade. Bästa svaret – inte!

"Det gör inget. Du bor här i närheten?"

"En bit bort. Du är söt!"

"Men då... :)"

Jonas var inte van med uppvaktningar. Det var som om alla bara förlöjligade honom. Inte menade allvar. Lekte och skojade, drev med hans känslor.

"Du, jag måste logga ur. Vi hörs senare. Kram!"

Sedan var han borta igen. Jonas hann inte svara. Synd, Fredrik28 verkade fin. Snäll, kanske lite omtänksam. Bra av honom att logga in igen och be om ursäkt.

Grannarna bredvid festade på balkongen. De hördes tydligt genom den öppna dörren, som om de stod på hans egen balkong. Han funderade på att stänga den, men det kändes mindre ensamt när fyllskallarna svamlade på därute. Som om Jonas faktiskt hade vänner på plats för en gångs skull.

Klockan var redan elva, eller 23:00 som hans telefon visade. Han ställde alarmet, en halvtimme tidigare som vanligt varannan dag. Det var trist att jobba i skift, men skönt att kunna gå hem lite tidigare då och då. Tänderna borstades noga, håret lades till rätta trots att det inte behövdes och katten fick mat igen, vilket gjorde att hon inte väckte honom vid tre och gnällde av hunger. Han bläddrade några sidor i den menlösa pocketdeckaren som låg på sängbordet. Inte bara menlös, den var extremt menlös och han ångrade genast att han hade köpt den på centralstationen i ren tristess över ett försenat tåg. Bortkastade pengar. Den fick bli en present till någon, vem som nu skulle vilja ha den.

Han hade inte speciellt många vänner, förutom dem han umgicks med på nätet. Men man umgås inte med någon på nätet, man bara stirrar på bilder och uppdateringar och låtsas känna sig delaktig i livet där ute. Han slutade tänka på det för att inte bli deprimerad förstöra nattsömnen.

Sedan somnade han.

Han vaknade över att katten skrek. Han famlade efter telefonen och såg en notifikation på Flirtr, men klockan var bara två på morgonen. Katten gick omkring på honom och skrek mer.

"Jaja. För fan."

Han hasade sig upp och slängde upp en slev kattmat i skålen, kissade och sedan gick han till sängs igen. Han låg och vred sig i ett par minuter, värmen var obehaglig. Sedan kom han på att Flirtr hade skickat en uppdatering eller något.

Ett meddelande.

Jonas vred sig om och tog telefonen som låg snett bakom honom på bordet och öppnade Flirtr. Det var från Fredrik28, han hade ändrat bild nu. Man såg bara ett öga och inget annat. Svart runtom, som om en liten strålkastare hade fångat en jättes öga i en mörk bergsskreva.

"Hej"

Ingen punkt eller komma, inget "glad gubbe" eller flört. Bara ett "Hej".

"Hej. Allt väl?"

Det dröjde en halv minut.

"Jag mår bra. Du? Sover?"

"Försöker i alla fall. Värmen är äcklig".

"Det är mycket som är äckligt".

Tonen var annorlunda, lite bitter. Mörk på något sätt. Jonas visste inte riktigt hur han skulle hantera humörsvängningen.

"Mår du bra?"

"Som jag skrev så mår jag bra, toppen till och med".

Det tog lång tid mellan svaren, som om han skrev långsamt och tänkte igenom allt.

"Vad gör du nu?"

"Försöker sova", Jonas var trött och skulle upp tidigt. Han orkade inte föra någon längre diskussion.

"God natt då".

Men han kopplade inte hur, som han alltid gjort.
Han var fortfarande online.

"Natti" svarade Jonas och tittade på en extra gång på Fredrik28s profil för att se om det skett något nytt, om någon uppdatering kunde avslöja mer om den mystiska flörten.

Det stod 1 meter.

Jonas kopplade först inte riktigt. En meter? En etta? Tidigare under kvällen stod det 1,2 kilometer. Hade kommat och tvåan ramlat bort. Nej, då skulle det inte stå meter. Då skulle det ändå stå kilometer.

Han startade om Flirtr.

Fredrik28 var fortfarande uppkopplad och avståndet till honom var en meter. Jonas blev kall, satte sig upp i sängen och drog sig in mot mitten. Han lyssnade, balkongdörren var öppen – han hade glömt stänga den tidigare. Var det någon i lägenheten?

Var Fredrik28 i lägenheten?

Jonas rörde sig inte, lät bara öronen analysera alla ljud, huset som satte sig, rören som vred sig där inne i väggarna, katten som någonstans i sovrummet. Sedan hörde han andningarna. Under sängen.

In till sovrummet ledde två dörrar, en dörr ut till hallen och vardagsrummet och en till köket. Båda var stängda, det var de aldrig. Katten tog sig in och ut genom den vanligtvis öppna köksdörren, halldörren var stängd för att Katten inte skulle springa fram och tillbaka hela natten. Mot köksdörren fanns det ingen insyn från under sängen, hade någon låst dörren? Hade någon låst dörrarna? Han började svettas av nervositet, inte bara på grund av att någon kanske låg under sängen utan att denne någon hade stått och tittat på honom när han sov. Han hade kunnat göra vad som helst. Jonas kände hur panikångesten bubblade upp i bröstet på honom och han pressade händerna mot sig för att trycka tillbaka det.

"Hallå?"

Han var rädd för vad som skulle hända, men inget hände. Andningarna fortsatte, kanske högre än vanligt. Jonas inbillade sig att någon bytte läge där under.

Ingen svarade givetvis.

"Hallå? Är det någon där?"

Han tyckte han lät fånig. Vem skulle svara? Rummet var inte helt svart, nattljuset strimmade in genom de öppna persiennerna och han startade lampan på sin telefon för att kunna se bättre. Katten låg på mattan framför sängen. Svansen var stor och burrig och hon gjorde sina märkliga knäppande ljud, "ktkt ktkt ktkt" som hon alltid förde när hon såg en fågel utanför eller något annat som kunde vara farligt eller lockande.

"Vem är det, Katten?"

Han viskade, mest per automatik. Han talade alltid med Katten, vad det än gällde. Hon gjorde ett ljud ifrån sig, nästan frågande och djupt från halsen och tittade på honom.

"Du vet inte? Hallå? Vem är det där? Fredrik?"

Någon rörde sig under sängen, vred på sig och han fick bilden framför sig att personen hade gått från mage till rygg. Det var inte allt för mycket utrymme där under och personen måste vara väldigt tunn, eller väldigt smidig. Jonas kände sig som passagerare på en flotte med en vithaj under, redo att bita honom om han bara satte ner foten i vattnet. Han kände sig ensam, trots situationen. Telefonen vibrerade igen. Fredrik28 hade skrivit ett meddelande.

"Vad tyst du blev?"

Han svarade inte, klarade inte. Istället pratade han.

"Varför tror du jag blev tyst för?"

Den som var under sängen hostade till och Jonas frös till.

Han vred sig ner på mage och började hasa sig mot kanten. Katten reste på sig, lite förvånat och gick oroligt en cirkel på golvet framför honom och satte sig ner igen.

"Kissekisssss!" sade han lugnande, som om det skulle hjälpa.

Katten svarade med ett "Mjau" och tassade fram till honom, ställde sig med framtassarna på sängen och strök sig mot hans händer som närmast kanten. Han kliade henne på huvudet och kände sig lite bättre för någon sekund. Någon tyckte ändå om honom.

Det rörde sig under sängen, någon vred på sig och sängen nästan hoppade till när den som var där under dunkade i sängbotten med hela sin kraft.

Sedan for ett par, i ljuset bleka, händer ut och slet åt sig katten.

Katten hann inte skrika, men höll sig kvar i någon kort sekund innan de seniga fingrarna fick ett bättre tag i pälsen och drog in henne under sängen.

Ett våldsamt dunkande hördes, men inte ett ljud från varken katten eller personen.

Jonas hade krupit tillbaka upp mot väggen och kände hur hjärtat slog volter inuti honom. Han ville skrika men kunde inte få ut ett enda ljud.

Ett hasande hördes och sedan en mjuk duns på andra sidan sängen. Katten låg slängd mot väggen i en onaturlig ställning och tittade på honom med döda, rinnande ögon.

Nacken var knäckt och huvudet vridet ett helt varv om.

"NEJ!" Jonas skrek och ställde sig upp på sängen och började hoppa upp och ner, i förhoppningen att botten skulle brista och klämma fast vem som nu var där under.

Det hjälpte inte, det resulterade bara i att han tappade balansen, snubblade på en kudde och föll handlöst ner på golvet där katten tidigare legat fridfullt och sovit.

Telefonen flög ur handen och i fumlandet som följde efter gled den nästan för elegant in under sängen. Den hann inte långt och i ljuset från telefonens ficklampa kunde han se hur den smala, ådriga handen, fångade upp den. För ett ögonblick såg han ansiktet, svarta ögon – ett leende och en lugg som föll ner långt över pannan. Sedan började personen skratta. Jonas hävde sig snabbt upp från golvet och sprang instinktivt mot dörren till köket, den var låst och han spenderade något som kändes en evighet att försöka dra upp den. Under sängen blinkade lampan som om personen, leendet, rörde på sig, kanske försökte ta sig ut från sitt gömställe. Den andra dörren verkade vara miltals bort.

Sekunderna senare befann sig Jonas på sängen igen och svor över sin feghet. Mannen därunder kanske inte vågade sig ut, han kanske kände sig mer säker där under än på öppen yta. Jonas skulle kunna springa till dörren, genom hallen och ut genom dörren. Han skulle till och med kunna ta balkongvägen och hoppa de två meterna ner utan att skada sig. Men han vågade inte och nu var det försent att ringa polisen.

Inkräktaren andades häftigt under sängen, stönade, vred på sig och något som Jonas inte riktigt kunde sätta fingret på hördes. Något mjukt, något köttigt. Det blev snabbare och mer intensivt. En tanke slog Jonas, men han vill inte kontrollera om den stämde. Det gjorde det. Katten var borta och ett blodspår ledde under sängen igen. Hade inkräktaren sex med den döda katten?

"Vad fan gör du där under, ditt jävla missfoster?!"

Ett svagt fnitter, feminint i ena ögonblicket för att övergå i ett hårt mullrande skratt. Fotänden av sängen började stegra på sig, som om denne magre bleke man försökte lyfta den eller tippa den mot väggen. Jonas kastade sig fram och tyngde ner sängen, samtidigt som han tog tag i sängkarmen och började skaka den våldsamt.

Skrattet slocknade och snart satt Jonas där på sängen i kompakt tystnad. Sedan såg han ur telefonen låg på golvet, mellan sängen och dörren.

Naturligtvis var det en fälla för att kunna locka ut honom över sängkanten. Men ändå, han skulle kunna hinna. Eller? Jonas tittade tveksamt på mattan, på

151

telefonen, på dörren. Han var stel i benen efter att ha suttit ner och krupit omkring, nästan att de somnade om han slutade röra på sig. Han drog sig mot väggen bakom honom och sträckte ut benen, krökte på tårna och masserade låren, rörde försiktigt på dem. Det skulle kanske fungera, i alla fall om han var riktigt snabb och inte tvekade. Norpa telefonen och sedan kasta sig på dörren mot hallen. Men om den var låst? Köksdörren kanske var låst också? Om han tog sats mot köksdörren först, som var utom synvinkel för mannen under sängen, fungerade inte den skulle han vara kunna springa vidare mot halldörren.

Men om inte det gick?

Det fanns inget att förlora. Utan att tänka efter eller att göra sig speciellt beredd tog Jonas sats och satte ner fötterna på kortsidan av sängen och tog de få steg som det behövdes för att nå köksdörren.

Den var låst.

Han slet i handtaget igen men inget hände. Sängen vibrerade kraftigt, som om någon hade somnat till och snabbt försökte resa sig upp. Sista chansen. Jonas brydde sig inte längre om faran och tog några snabba steg mot telefonen, plockade upp den i farten och slängde sig på halldörren.

Den var låst också.

"Fan!" tänkte Jonas och sneglade mot sängen. Ett par tomma ögon tittade på honom från mörkret under att det otrevliga garvet ekade över sovrummet igen.

Om det var ren dumhet eller bara panik skulle han aldrig förstå, men sekunderna senare stod han inuti garderoben och drog igen den efter sig. Där var han i alla fall skyddad från alla håll. Hans två unkna, dammiga, kostymer hängde där sedan en begravning och ett bröllop för fem-sex år sedan och i övrigt var den fullpackad med kläder han aldrig orkat ta reda på. Säkert var det inte, men han kände sig tryggare på något sätt. Han hakade loss en trägalge och bröt av pinnen för att kunna hugga med om han skulle bli trängd.

Jonas kände sig redan trängd, och svetten började rinna nerför kroppen på honom. Den gjorde honom hal och obekväm, som den där känslan han alltid inbillade sig man hade när man dog med otvättade kläder på. Ofräsch, inte redo för det som skulle komma.

Utanför var det tyst, väldigt tyst. För tyst. Han kunde bara höra sina egna andetag och var tvungen att ta några djupa suckar för att lugna ner sig. Han visualiserade en värmande sol som gjorde honom avslappnad, en Buddha-staty mot horisonten. Löv som långsamt föll mellan träden och himlen ovanför, fylld med fluffiga moln som seglade förbi. Nu kunde han höra omgivningen igen. Det var en tystnad som han inte hade noterat förut, som om trafiken hade stannat i fjärran, som om alla nattlevande varelser plötsligt somnat och fallit in i den djupaste drömcykeln. Han behövde ringa någon, ringa polisen. Ring 112.

"LA8PV! LA8PV kaller! Mayday!", tänkte han med norsk brytning men skakade snabbt bort den irrelevanta Fleksnes-referensen. Jonas började fnittra och var tvungen att hålla för munnen för att inte börja gapskratta. Svetten rann nerför ansiktet. Det här var inte kul. Det var inte kul alls.

Han famlade upp telefonen från fickan. Displayen lyste, som om något precis hade hänt. Ett sms? Han hade inte känt vibrationen, men det var Flirtr som hade kallat, han hade fått ett meddelande. Det var svårt att motstå frestelsen och det nu välbekanta ljudet av ett nytt meddelande ljöd. Det var från Fredrik28.

"Varför vill du inte ha mig?"

Avstånd 0,5 meter.

Han måste stå precis utanför garderoben.

"Du kommer aldrig in, din jävel!"

Han tryckte fram orden genom en ilsket spänd käke.

Han kikade ut genom den smala springan. Han kunde inte se någon där, ingen bildade skugga i det svaga ljuset från fönstret. Ingen stod i mörkret som bildades i hörnet mitt emot.

Det var då han kände den fräna andedräkten, hur någon andades intill honom. Det var inte varma och fuktiga kläder som tryckte sig mot honom, det var en stor kropp, något levande.

Något som svettades och luktade. Han försökte dra sig undan, men det var slut på utrymme i garderoben. Dörren gick inte att öppna och han försökte sparka upp den, men skiten rubbade sig inte.

Jonas kände paniken växa inom honom. Han ville inte se vem det var som stod bredvid honom, vems hand som trevade längst med hans rygg, vems stora vita ögon som tittade ner på honom från mörkret. Det var svårt att andas, det gick inte att röra på sig.

Han gav efter. Fredrik28 fick omsluta honom med sitt väsen, med sina armar och ben, sin raspiga tunga och mjuka bröstkorg. Ben och kött blev till ett, växte ihop och ruttnade snabbare när de blev ett.

Jonas kunde bara tänka på vem som skulle ta hand om Katten. Den döda katten. Vem skulle begrava henne.

Sedan släppte han taget.

Miau.

Någon hade hoppat på hans huvud. Kraniet var spräckt och hjärnsubstans skymtade där inne. Det tog en stund innan han dog, hade läkaren sagt.

Vittnen hade sett kroppen sprattla och röra sig när förövaren sprang därifrån. Alex förklarades hjärndöd en halvtimme senare när ambulansen och polisen äntligen lyckats ta sig dit. En äldre turkisk man hade lagt sin rock över honom, hållit hans hand och ringt 112.

Han hade svårt att känna igen Alex på bårhuset; ansiktet var uppsvullet och det enda Martin kunde tänka på var en vidbränd deg. Huden var rödbrusig som av lättare brännskador och ögonen svullna till den grad att de pressade upp ögonlocken.

Någon hade hoppat på Alex huvud, sparkat in bröstet och knäckt nacken med slag och sparkar. Att han överhuvudtaget hade levt några minuter efter detta var ett mirakel, eller var det ett mirakel? Det kanske hade varit bäst om han dog på en gång? Det finns inga mirakel, bara tur och otur. Martin föll ihop i väntrummet, och en stressad sköterska som luktade rök tog hand om honom och satte honom på en bänk. Han ville inte sitta; han ville krypa ihop i ett hörn. Gömma sig. Försvinna. Dö. En stund senare hade två överspända skötare släpat med honom till ett rum med en ensam säng där han somnade av ren utmattning några minuter senare.

På morgonen var han inte ensam i rummet. En polisman, civilklädd, satt på en stol bredvid honom och läste en damtidning. Han såg snäll ut och tittade med sina blå ögon på Martin och försökte sig på ett leende. Var ett leende egentligen lämpligt? Martin log tillbaka, sedan insåg han vad som hade hänt och började gråta igen. Störtfloder. Snoret rann nerför hakan och blandades upp med den salta smaken av tårar från någon som precis hade förlorat den han älskade.

Polismannen gav honom en rulle med papper som hade haft stående bredvid stolen och satt tålmodigt kvar tills att Martin hade tagit sig samman.

"Vill du att jag ska kalla på en sköterska?" Han lät snäll också, vilket lugnade Martin som skakade på huvudet.

"Kanske senare".

"Det är bara att säga till."

Han hade en liten anteckningsbok som han öppnade och bläddrade lite i.

"Det är du som är Martin? Och Alex var din pojkvän?"

Var. Användande av det ordet fick Martin att börja gråta igen, men lyckades dra tillbaka det värsta och nickade. Alex fanns inte mer. Inte som levande. Martin skulle aldrig höra hans skratt igen eller få känna hans varma kram.

Det var lördagskväll och båda var riktigt sugna på pizza, eller kanske kebab. Något flottigt och onyttigt som kunde väga upp mot all den alkohol de hade festat upp hos vännerna natten före. Båda var sega i huvudet och livet rörde sig i slowmotion. Martin hade en diskret huvudvärk och drack mängder av vatten, juice och cola. Allt som fanns hemma helt enkelt. Alex bara skrattade, men förstod sin pojkväns smärta. De var båda vana.

Vissa klarade av alkohol, vissa inte. De hade kommit hem sent på natten, eller tidigt på morgonen, stupat i säng och inte vaknat förrän Martins mamma ringde vid tre-tiden och frågade om råd i en korsordsfråga. Otroligt nog hade Martin kunnat svara på frågan, trots djävulen som bankade med sin slägga innanför tinningarna. Två huvudvärkstabletter senare tillsammans med två stora glas vatten hade lindrat värken en aning, men det skulle inte dröja förrän till söndagen innan den var helt borta. Han hade svurit, men förstod att det var helt och hållet hans eget fel.

De hade bott ihop i snart ett år och livet kändes verkligen underbart. Ingen gick varandra på nerverna, och den frid och ensamhet som de båda krävde då och då fungerade bra. Lägenheten skulle vara på minst tre rum, vilket gjorde att de kunde fly från varandra och pyssla med sitt. Ett bra koncept som hittills hade fungerat utmärkt.

Lördagskvällen kändes lugn och båda var vrålhungriga. Det fanns några filmer de inte hade hunnit se och en slö hemmakväll framför dumburken kändes verkligen inte fel. Eftersom Martin hade sin huvudvärk, och Alex kände att han behövde en promenad, skippade de hemkörning och Alex skulle gå fem minuter till pizzerian och införskaffa den näring de behövde.

Alex vinkade till honom där på balkongen, vilket det var det sista Martin såg av honom. Han såg glad ut, nästan dansade fram som för att göra sig lite extra fånig. Det kändes som om hela kvarteret smygtittade genom sina persienner. Martin skrattade och tyckte att det var lite pinsamt, men det var det som var poängen. Alex hade full koll på Martins små svagheter. Det var ingen som brydde sig om det enda bögparet där, de såg som en i gänget och det hade aldrig ropats några otrevliga ord efter dem när de hållit handen eller pussats offentligt. Det var ett sådant där underbart litet område där respekten var viktig.

Det dröjde inte ens en minut innan en notifikation hördes från hans mobiltelefon.

"Miau" löd meddelandet.

Han log. Det var en trygghet. Någon gång hade en vän till Martin berättat hur fåren utanför hans barndomshem alltid stört honom mitt i natten. Ett får hade vaknat till liv, sagt sitt, och genast hade alla fåren börjat svara en efter en tills att läget var lugn. Varken Martin eller Alex såg sig själva som får, men katternas lilla ljud var det de hade anammat. Istället för att skicka eller säga "Lugnt?", "Allt bra? eller något liknande, blev det ett universellt "Miau". Det var lite töntigt, men ändå lite gulligt.

Martin skickade, som han brukade göra, ett *"miau"* tillbaka och lade sig ner på soffan för att försöka vila en stund innan maten kom.

En timme senare ringde telefonen, och Alex fanns inte mer.

Alex hade inte hunnit fram till pizzerian. Några minuter efter att Martins textmeddelande hade någon, eller några, stoppat honom och börjat prata. Det var i alla fall det ett vittne sa, som hade sett själva mötet från fönstret, bakom sina blommiga gardiner. Den äldre damen var inte ens säker på att det var en person eller flera, men Alex hade prata med någon. Båda hade gestikulerat, och damen hade trott det var två fyllon och återgått till att titta på teve.

Alex var kanske fortfarande lite slö efter den föregående nattens fest och hade troligen inte hunnit med att försvara sig. Han hade troligen fallit vid första slaget, först i ansiktet och sedan en spark mot strupen. Sparken hade inte skadat något, men troligen gett honom svårt att andas för några sekunder, och det var då mördaren tog sin chans och började sparka honom ännu mera. Hoppa på honom. Mördaren måste haft ett vansinnigt raseri inom sig, en vrede som inte var av denna värld. Att ge sig på en oskyldig person på det sättet. Alex gjorde inte en fluga förnär, och hade han gjort en fluga förnär hade han garanterat bett om ursäkt. Här fanns det ingen logik; någon hade stulit ett liv.

"Jag heter Lars förresten" sade polismannen och sträckte fram handen.

"Lita på mig. Vi kommer att hitta gärningsmannen". Sedan lämnade han rummet och Martin blev ensam kvar i det kala rummet. Han började gråta igen.

Lägenheten låg öde. Någonstans fanns delar av Alex kvar, minnen, en speciell stämning. Men nu när större delen av möblerna var utbytta och Martin hade fyllt ett dussin sopsäckar med skräp från garderober och förråd kändes det inte ett dugg bättre, vilket han hade förväntat sig. Varenda centimeter i hemmet hade Alex själ, doft och personlighet; varje plats på golvet där han hade satt sin fot, där han hade placerat sina händer. Martin kunde minnas meningslösa saker om hur Alex hade lutat sig mot balkongräcket eller gjord armhävningar i hallen. Vardagsmat, som egentligen inte betydde något i det långa loppet, dök upp från ingenstans.

Martin ville inte flytta. Det var ett bra område och någonstans där i sitt inre förstod till och med han att det var dags att gå vidare. Alex hade velat det.

Foton och andra personliga minnen packade han varsamt ner i lådor och kläderna skänkte Martin till Röda Korset. Det fanns mycket sparat, inte bara från deras år tillsammans, utan även från Alex barndom och tonår. Hans mamma ville inte ha kläderna, det var för smärtsamt, och hon såg hellre att de kom till någon nytta än låg i en säck på vinden. I bokhyllan hade Martin sparat ett par fotografier. Alex ansikte var knappt synlig på dem. En var en bild av honom när han satt vid datorn, ansiktet i siluett och med ett fönster i bakgrunden. Den andra var snett bakom honom när han var ute och promenerade, vackert med draperade skuggor som bara delvis visade hans ansikte. Martin hade varit nöjd med båda fotografierna, och nu började även hans minnen få skuggor. Vilket var bra. Att gå vidare var det enda sättet.

Men visst fanns tanken fanns där; att själv hitta mördaren.

Världen kändes plötsligt väldigt stor och Martin fann det enklare att halsa en stor stark på valfritt gayställe än att faktiskt ge sig i kast med något som bara skulle riva upp allt igen. Han fick lita på polisen och inte bete amatördetektiv i en dålig snutfilm.

Det var lugnt på Torget, en mysig restaurang i Gamla Stan. Martin och Alex hade varit stamkunder där, men nu hade han inte varit där sedan det skedde. Orkade bara inte med hysterin och oljudet, och främst alla bekantas bekanta som skulle beklaga det som hade skett. Eller ännu värre, de bekantas bekanta som inte visste om vad som hade skett och undrade vart Alex höll hus. Men han var tvungen att bege sig ut någon gång. Kvällen till ära var det en klezmer-orkester som skulle röja på den lilla tillfälliga scenen.

"Hej". En kortvuxen liten man satte sig ner bredvid honom. Han var smal, lätt tunnhårig och klädd i en illasittande kostym. Troligen yngre än vad han såg ut, men den tydliga uppgivenheten i hans liv hade märkt honom på ett kusligt sätt. Martin nickade tillbaka, men var inte intresserad av någon vidare kontakt. Speciellt inte med en liten gubbe som honom.

"Ja... jag är inte homosexuell eller något, men det verkade vara ett trevligt ställe...".

Martin bara log åt honom. Valet av ordet homosexuell kändes konstigt, som om han inte riktigt var bekant med kulturen, eller kände sig obekväm med andra, mer vanliga ord. Sedan beställde han en till öl. Den lille mannen ville bjuda, men Martin tackade nej. Även om han påstod att han inte var bög fanns det ändå någon form av förhoppning om närhet.

"Bra band som spelar ikväll har jag hört. Zigenarmusik är helt nytt för mig…"

166

Martin kände sig tvungen att rätta mannen.

"Det är judisk musik. Det är schysst. Bra drag."

Nu blev han själv lite för social, han var tvungen att hålla igen lite. Martin tittade sig omkring, men såg inga bekanta ansikten och det var minst sagt ont om andra platser. Han var illa tvungen att vara lite social, även om det tog emot.

"Du är alltså inte bög men du är på ett gayställe?".

Martin sörplade skeptiskt på ölen och tittade ut och bort från mannen.

"Ja, det blev så. Frugan ville inte följa med ut och det var stökigt borta på Gröne Jägaren..."

"... och då gick du till Torget?".

Från Gröne Jägaren till Torget. Till och med den snygge bartendern log skeptiskt där bakom disken och gav Martin en menande blick.

"Vad ska jag säga? Men det är väl inte bara bögar här?"

"Stämmer". Martin tappade intresset för ett samtal. Det var bara ett tragiskt fyllo som försökte spela lite öppen och liberal för att få lite sällskap.

Martins mobil plingade till, det var ett litet klockspel som Alex hade skickat till honom. Martin hade behållit det bara för att reta gallfeber på Alex, som mest tyckte ljudet var irriterande och smaklöst som "en svensk turist i Pattaya", en av de liknelser han ofta använde sig av.

Han frös till och kände hur blodet försvann från fingrarna. Han tittade på avsändaren.

Alex.

Alex hade skickat ett sms? Han öppnade det.

"MIAU!" För någon sekund var allt som vanligt igen, Alex levde och väntade där hemma. Martin kände att han behövde röra på sig, men insåg sedan vilken verklighet han befann sig i.

Han hängde inte med. Ett sms hade anlänt och det var från Alex?

Bartendern såg att det var något fel och böjde sig fram.

"Det är från Alex?" sa Martin med svag, kraftlöst röst.

"Alex!". Bartendern såg förvånad ut och petade till mobilen för att kunna se bättre.

"Men hur...".

"Jag vet... inte...". Martin stammade. Han kände att han behövde luft. Komma bort från sällskapssjuka fyllon och klezmer-musiker.

Han öppnade inte meddelandet igen förrän på tunnelbanan. Det fanns fortfarande gamla meddelanden från Alex där, som han inte hade fått för sig att radera ännu. Han fattade inte varför. Inte för att han läste dem, men det kändes tryggt att ha dem där.

Jodå, det var Alex. Och det var ett "miau". Ett äkta Alex-miau. Det hade sänts strax efter åtta på kvällen. Det måste vara ett misstag! Något som legat kvar där ute i luften och pyrt tills att något fick det att fara vidare till Martins mobil. Martin kände att han måste hem och titta till Alex mobil. Den var naturligtvis inte laddad och låg i skrivbordslådan, det var han tvärsäker på.

Det kändes som timmar innan tåget anlände till stationen. Martin kände hur varje passagerare försenade tåget med sitt långsamma, loja beteende. Stoppsignalerna och förbipasserande tåg verkade finnas i mängder och föraren verkade knappt vara vid

169

medvetande. Han kände hur lågheten dämpade hela hans fysiska uppenbarelse, hur han nästan kröp ihop mot väggen för att undvika alla idioter runt omkring. Han lade armarna i kors och använde nävarna för att trycka in den ångest som pressade mot bröstet. Martin ville hem fort som möjligt.

Mobilen låg i lådan, där den legat sedan Alex död. Han hade inte tagit upp den ens för att försöka minnas något. Martin svalde det dåliga samvetet. Givetvis glömmer man inte någon man älskar för en sådan sak. Mobilen startade utan problem. Den hade fortfarande lite batteri i sig och det första han såg var en bild av de två, taget med kameramobilen, bakgrunden Alex hade haft de senaste åren. Det senaste skickade meddelandet var en söt kärleksförklaring, inget "miau". Martin kände hur tårarna började välla upp. Han stängde inte av den på det vanliga sättet, utan öppnade upp den och tog ur batteriet. Sedan slängde han kläderna på golvet, borstade tänderna och lade sig för att sova. Det var kallt i sovrummet och Alex sida av sängen var fortfarande bäddad. Det kändes tryggare.

Han somnade snabbt och drömde fragmentariskt om den ogästvänliga ön igen. Ett par kalla stora händer lades över hans ögon och han vaknade upp, svettig och med bultande hjärta. Skärmen på hans telefon lyste; det hade kommit ett meddelande.

"Miau".

Martin var fortfarande omtumlad av den kaotiska sömnen när han famlade efter mobilen och läste det inkomna meddelandet.

"Miau" stod det. Ett gammalt hederligt Alex-mess. Han tryckte vidare och tittade på avsändare; det var verkligen från Alex!

Löjligt. Jobbigt. Han vred på sig och rullade över på andra sidan och tog en titt på Alex telefon som fortfarande låg där med batteriet bredvid sig. Sedan tittade han på meddelandet och avsändaren igen.

Martin plockade ut SIM-kortet och flyttade över det till sin egen telefon. Ja, det var Alex nummer. Någon måste ha hackat telefonen, tagit numret. Någon försöker suga ut pengar ur kontantkortet. Löjlig tanke. Helt osannolikt. Mer osannolikt än att Alex mobiltelefon själv skulle skicka meddelanden? Eller

Alex själv? Finns spöken? Martin skrattade åt tanken och lade ifrån sig telefonen, han orkade inte tänka på det här mer.

Han hällde upp ett glas mjölk, slängde vant ihop ett par smörgåsar och satte sig framför teven i vardagsrummet. Skulle han kanske se en film? Han hade på sistone börjat se igenom Alex filmer, något som han aldrig haft lust till innan. De hade inte direkt samma filmsmak, men genom att tittade på något Alex uppskattade blev det någon form av artificiell närhet. Han blev sittande i soffan med blicken mot den svarta, avstängda teven och kände ångesten växa i bröstet.

Det allt för välbekanta ljudet av ett klockspel väckte honom ur hans tankar och han visste direkt vad som väntade. Han hasade sig bort till sovrummet och plockade motvilligt upp telefonen.

Det var ett "Miau" igen. Och ett till, och ännu ett. Det började strömma in meddelande, alla med samma budskap. Först försökte han öppna varje inkommande meddelande, men efter ett dussin gav han upp och satte mobilen på ljudlöst och lät den vibrera i några minuter till. Martin började känna sig allt mer likgiltig till vad som skedde.

Det hade gått fyra månader sedan mordet. Inga framsteg hade gjorts, men polismannen Lars ringde då och då och berättade om hur det inte gick. Ingen hade sett något av värde, det fanns inga fysiska bevis på platsen, vilket troligen var en mycket olycklig slump, och det gick inte ens att bevisa att det var ett hatbrott. Alex hade inte blivit rånad, och sannolikheten att det var ett hatbrott var stor. Det ansåg även Lars, men hans kollegor högre upp i hierarkin ansåg att det var mindre viktigt.

Det kunde ha varit ett rån, men att rånaren blivit avbruten och inte hunnit med att ta några pengar, vilket skulle ha rört sig om högst hundra kronor. Mördaren borde ha varit indränkt av blod efter den våldsamma attacken, men det hade regnat några timmar senare och mörkret hade gjort att det var svårt att hitta några bevis. Polishundarna kom fram till det lokala shoppingcentrumet, med en ICA-butik och en pizzeria. Där slutade spåren.

Troligen tog mördaren en bil, men inget hade sett något som vanligt. Givetvis finns det någon som hade sett något, men människor var fega och egoistiska och ville inte beblanda sig med andras angelägenheter. Dessutom, men det kunde vara Martin som var paranoid, hade det nämnts i tidningen att det kunde ha varit ett hatbrott då offret var homosexuell, vilket kunde ha skrämt traktens mer konservativa vittnen. Varför skulle de hjälpa till? Det var bara en mördare som spöade bögar, det fanns ingen anledning att oroa sig. Martin skakade bort tankarna och försökte ändra sitt tankesätt.

Folk var rädda helt enkelt, det var inte mer med det.

Mobilen var nästan kusligt tyst i två dagar och Martin började tro att det var fel på den. Men det kanske var det bästa ändå, och det hela var helt enkelt ett makabert tekniskt fel där ute någonstans. Han började andas ut och för ett kort ögonblick hade vardagen återigen gjort sitt inträde.

Det var måndag igen och Martin var på väg hem från jobbet, på pendeltåget med lurarna hårt tryckta över öronen för att slippa omgivningen. Vid det här laget hade han nästan förträngt meddelandena, och tanken att det var ett tekniskt haveri kändes mer och mer troligt. Han kände sig oerhört trött.

Nu befann sig på ön igen, och en flicka kunde inte se. Hon höll för ögonen på sin teddybjörn och en äldre kvinna höll över ögonen på flickan. Nedanför öns hårda klippor slog det stormande havet in över de ogästvänliga platserna. Som om Befallaren styrde och kontrollerade omgivningarna. Befallaren.

Martin vaknade upp tvärt. Han hade somnat och sovit djupt, mådde lite illa. Han brukade aldrig somna på pendeltåget, men nu susade Upplands Väsby reda förbi utanför och snart kunde han få promenera hem i duggregnet. Omkring honom hade det förändrats. Människor hade kommit och försvunnit, någon hade bytt plats och volymen på samtalen var inte lika hög som innan. Många var redan hemma och kunde ta det lugnt, medan vissa som skulle till slutstationen (eller "The Slut Station" som Alex kallade den, något alltid Martin fnissade åt) fortfarande satt där i tristessen och slentrianmässigt läste reklamannonserna. Framför

Martin satt en kortvuxen liten man med tunt hår och prydliga kläder. Tänderna var lite för vita och han tittade rakt på Martin.

"Hej, känner du igen mig? Torget du vet?".

Han sträckte fram handen, men Martin låtsades inte se den. Han orkade inte med det här. Det hade varit lugnt och skönt i trettiofem minuter och nu detta...

Han log artigt och tittade ut genom fönstret igen. Snart skulle den där vikingabåten på vänster sida synas, ett tecken på att det snart var dags att stiga av.

Då ekade klockspelet från hans telefon igen. Han hoppade till.

"MIAU!"

Den lille mannen tittade på honom när han fumlade med mobiltelefon.

"Jag heter Pär förresten".

Han sträckte fram handen igen, men Martin ville inte ta i den. Han ville bara att tåget skulle komma fram till Märsta och han snabbt kunde vara hemma i tryggheten.

"Är det någon ny kärlek?". Martin frös till när mannen lade sig i hans kärleksliv. Mannen som kallade sig för Pär bara log och tittade ömt på honom.

"Vad har du med det att göra?". Martin kunde inte låta bli att fräsa ifrån och tittade på meddelandet från Alex igen. Det plingade till och ännu ett meddelande kom. Inom några sekunder började meddelandena strömma in igen. Pär fortsatte att le, som en lärare som tittar ner på sin korkade elev. De hade precis lämnat Rosersberg och inom fyra minuter skulle Martin med raska steg försvinna från den här vidrige mannen. Han funderade ett ögonblick på att byta plats, men vad skulle det tjäna till? Mannen skulle bara följa efter.

"Missförstå mig inte nu, men jag tycker om dig. Jag har sett dig på tåget förut och beundrat din utstrålning och karisma. Det är väl samma sak, men saker tål att upprepas i din närvaro."

Pär slickade sig om sina torra läppar och började prata lite snabbare, som om han ville hinna klart innan tåget anlände till Märsta. Han talade obekvämt och stelt.

"Du förtjänade inte det livet helt enkelt. Ett liv med en man, du som skulle kunna skapa sådana underbara barn! Tänk den kvinna som skulle skratta sig lycklig över att få ligga i din famn, smaka din... du vet vad jag menar? Jag vill inte ta sådana snuskiga ord i min mun själv, men du är nog mer van med smutsigt språk än vad jag är..."

Martins mobil fortsatte att plinga. Det var fler meddelande från Alex: *"Miau! Miau! Miau! Miau! Miau! Miau! Miau! Miau!"*. Mobilen började nästan krypa ur fingrarna på Martin, som om den vore en levande varelse, som den ville loss och kasta sig över den vidrige mannen. Tåget var på väg in mot Märsta station och Martin reste sig upp för att slippa höra, men mannen följde efter, ställde sig tätt intill honom och började tala högt i hans öra. Ingen av de andra passagerarna verkade bry sig om vad som hände.

"Jag ville bara ge dig något annat. Få dig att förstå att det finns något bortom den där syndiga, sjuka, bisarra saken du kallar kärlek. Bortom alla analknull, kuksugningar, övergrepp, våldtäkter, spermalekar, syndiga tankar och sådant där djävulskap som jag... du måste hålla utanför din hjärna!"

Mannen som kallade sig Pär blev allt hätskare och rösten högre och högre.

"Du ser hur jag sörjer för dig, och även för den där syndaren som du levde med! Du ser väl hur jag bara vill dig väl!".

Han skrek och spottade saliv omkring sig och Martin tryckte sig mot dörren. Han tänkte inte reagera på vad han hörde, han skulle bara kliva ur och ringa polisen. De brukade alltid vara en polisbil vid stationen på kvällarna, de skulle kunna ta hand om honom.

Dörren fungerade inte. Det var först nu som Martin såg den röda klisterlappen som berättade att dörrarna var ur funktion. De andra passagerarna hade snabbt tagit sig ur tåget och försvann mot sina egna liv. Martin trängde sig förbi mannen, kände den illaluktande, infekterade andedräkten och gick mot den andra dörren, men Pär klamrade sig fast vid hans rock och fortsatte upphetsad, nästan sexuellt i sina andetag, att klämma det sista han kunde ur sina idéer om Martin och Alex förhållande.

Att Martin inte hade sett det här, att han hade lyckats undvika den här mannen under alla år? Han hade inte ens lagt märke till honom, men med det anonyma, ointressanta ansiktet var det kanske logiskt. Vem vill minnas en människa som hatar?

Ute på perrongen hade det börjat regna och sträckan till utgången kändes nästan hopplöst lång. De hade suttit i den sista vagnen, annars hade inte Martin hunnit med tåget, och hade han inte gjort det hade han varit i säkerhet nu. Eller hade mannen förföljt honom? Martin hade kanske aldrig sluppit honom.

"Mitt namn är Pär och jag kan hjälpa dig! Jag hjälpte din vän, syndaren, och även du är en syndare! Kanske en svårare sådan eftersom du sörjer! Du måste komma i min famn, låt mig omfamna dig och visa dig vad vänskap och förtroende är! Jag älskar dig... men inte på något sjukt sätt, utan på det där sättet som bara bröder kan älska varandra!"

Pär hade stannat och skrek ut budskapet efter Martin. Mobilen vibrerade allt mer aggressivt, som om den inte ville ge med sig. Martin höll den intill hjärtat för att känna rörelserna, för att få kontakt med vad det nu var som sände signalerna. Han trodde det var Alex. På sitt eget lilla sätt. Miau.

"Jag hade blod på mina händer. På mina armar. Jag smakade av blodet, jag kände hur benen knakade under mina fotsulor... jag kände hur jag uppfylldes med liv! Du kan få det livet nu, jag kan ge dig livet tillbaka! Ett rättfärdigt liv!".

Sedan tystnade dåren.

Martin klämde fingrarna hårdare kring mobilen och stannade. Sedan vände han sig om och gick lugnt fram till Pär, mannen som dödade hans man och tittade ner på honom. Det var en väldigt liten man egentligen, men som uppenbarligen kunde bli stark rent fysiskt. Psykiskt skulle han dock alltid vara svag, eftersom bara svaga människor var primitiva som honom. Tänderna var inte speciellt vita faktiskt. Det var bara fronten, resten var lätt gulnade av åratal av tobaksanvändande. Ögonen var trötta och tomma och håret var fett och slitet. Han luktade unket, som av kläder som inte tvättats på ett par veckor. Andedräkten kändes sur och full av gifter.

"Du är ensam, eller hur?".

Martin tittade honom rakt i de grådaskiga ögonen.

"Du är riktigt ensam. Du har ingen kvinna, ingen man för den delen heller, där hemma som kan ta hand om dig. När du lägger dig på kvällen tittar du på den tomma sängplatsen bredvid dig och önskar att du hade någon att krama, någon att hålla om när natten kryper på. Sex? Knappast, om inte gummihandsken och vaselinet räknas som en date. Du behöver den där lilla kryddan för att runka, eller hur? Annars kan du inte bli hård. Du är lika svag där nere som du är svag där uppe!"

Martin knackade honom hårt i pannan. Pär såg sårad ut, som om han inte hade förväntat sig något motstånd, speciellt inte verbalt.

"Frågan är om gummihandsken ens fungerar nu för tiden. Du är nog impotent. Lika impotent som hela ditt liv. Du jobbar ingenstans, men går ändå hemifrån för att inte dina grannar ska tro att du är arbetslös. Går du där utanför ditt gamla jobb och längtar efter skrivbordet och gemenskapen? Är du förvånad över att ingen av dina arbetskamrater hör av sig? Ingen vill veta av dig. Inte dem, inte dina kära fromma vänner i församlingen. Alla är trötta på dig, på ältandet och att

182

du bara är jävligt jobbig. Vad har du att leva för egentligen? Har du något att leva för? Vänner, barn, släktingar? Nä, trodde väl det".

Pär stod tyst och försökte undvika hans blick.

"Du har krossat ett huvud, men du har inte krossat ett liv!"

Martin höll fram den stekheta mobilen och klämde in den i Pärs svettiga händer. "Ta den, gör vad du vill med den, med honom. Men du vet att du inte kommer undan. Slänger du mobilen kommer du att gå hem ensam, gråta dig till sömns och livet kommer inte att ha förändrats ett ögonblick".

I bakgrunden kunde Martin se hur tåget från Södertälje kom in och kände att det var dags att gå. Han ville hinna ut från perrongen innan tåget stannade och släppte ut alla människor från sina boskapsvagnar. Det skulle strax vara fullt av människor, mer än någonsin, och alla längtade hem till sina familjer, sina kärlekar, sina husdjur, sin teve, sitt liv. Utom Pär då. Han stod där på perrongen och tittade på tåget som närmade sig.

Det skulle aldrig hinna stanna, det visste han.

Nästan gång Martin vände sig om var Pär borta och tåget bromsade hårt. Skrik hördes i bakgrunden, en kvinna tjöt som en stucken gris och några förfärade utrop av människor som nu skulle ha något att berätta om på jobbet dagen efter.

Flera vakter som springandes mot honom och förbi honom, på väg mot olycksplatsen.

Martin dröjde sig kvar någon minut för att titta på kaoset runt omkring sig. Skyltarna annonserade redan att det var förseningar i trafiken, signalfel skyllde man på, och det hördes sirener någonstans i fjärran.

Martin hade inte kunnat tänka sig ett bättre avslut på dagen.

Skulle han drömma om Befallaren i natt?

Skulle han drömma om Alex?

Picknickvänner.

När det hela var över skulle de bada i floden om det var fint väder. Horst och Uwe hade hyrt en gammal rostig minibuss hemma i Tyskland, med tanke på att aldrig lämna tillbaka den. 1983 var inget lätt år för någon av dem. Att bege sig ut på det stora äventyret var något som de båda längtade efter. Skapa sig ett nytt liv någonstans där ingen skulle döma dem.

De hade hyrt bussen i falskt namn och spenderat de senaste veckorna i en rostig maskin som borde ha skrotats och avlivats för länge sedan. Huvudsaken var väl att den rullade? Det var Uwe som ville till Italien, och det var inga problem att ta sig in i landet trots att uthyrningsdokumenten sade ett namn och deras pass sade något annat. Kontrollanterna var mer intresserad av att spela kort, snacka fotboll och sova på någon av de lägligt uppställda bänkarna runt om gränskontrollen. I skuggan givetvis, och med flaska rött nära till hands.

Varken Uwe eller Horst nämnde naturligtvis att de var ett par. Det hade bara trasslat till det hela och trassel var det minsta de behövde. Ett år tidigare hade de träffats på en bar i Hamburg. Rainer Werner Fassbinder hade dött dagarna innan. Om det var av en överdos, medvetet självmord eller en tragisk felbedömning visste ingen, och det fanns en sorg över homokulturen i staden. Skratten var dunklare och många förfärades av alla smaskiga detaljer som tidningarna kräktes ut.

Uwes blonda, yviga hår stack ut i mängden av skalliga medelålders män och Horst hade lägligt nog satt sig bredvid honom i baren och kört en fånig kommentar om att få bjuda på en drink. Uwe bara skrattade och skålade med den drinken han redan hade. Det var kärlek vid första ögonkastet, om det nu existerar något sådant.

Horst såg sig själv inte som speciellt attraktiv, snarare alldaglig och anonym med sin lilla mustasch, trista lågpris-glasögon och prydliga sidbena. Inget mirakel av trendighet direkt, men uppenbarligen stack han ut tillräckligt för att Uwe skulle fatta tycke för honom. En timme senare kysstes de för första gången och ett år sedan var de på flykt från allt det där som de föraktade. Uwe hade tröttnat på sin familjs översitteri. Hans mor brast i gråt när fort ämnet om hans läggning kom på tal och fadern slöt sig i en bister kupa och brukade alltid raljera om hur vidrigt det var med en son som "inte var en riktig man". Uwe såg sig själv inte som feminin, men hans gråa far var fixerad vid det långa håret och att sonen var "homofil", som han uttryckte det, gjorde inte saken bättre.

En tidig morgon hade han lämnat huset han bott i sedan han föddes, bosatt sig hos vänner och arbetade sent varje kväll, allt för att tjäna ihop till en resa bort från livet han inte ville leva.

Horst hade det lättare på sätt och vis. Föräldrarna döda sedan ett par år tillbaka, något han inte var speciellt bekymrad över. Som fosterbarn hade han aldrig riktigt lärt känna sina nya föräldrar och hela tiden hållit sig på sin kant. De var snälla, men väldigt gamla och att de skulle försvinna en dag var något han alltid varit medveten om. Han hade inte kommit ut som bög förrän efter deras död och hade inget dåligt samvete för vem han var. Inga föräldrar som skulle gråta en skvätt över att deras barn inte var normalt i deras och samhällets ögon, inga skeptiska syskon eller morföräldrar som ansåg att det bara var en fast. Horst var på sitt sätt lyckligt lottad.

De kompletterade varandra väl och var populära hos varandras vänner. Ingen svartsjuka, avundsjuka eller på något annat sätt fientlig mot varandras vänner eller nycker. Horst kunde irritera sig på Uwes rastlöshet, som att de ibland lämnade biografen mitt i en film om inte den höll kvalitén rakt igenom. Uwe förlorade hellre pengar än att bli, i hans egna ord, "kulturellt knullad". Men det fanns alltid vänner som skulle se filmen och Horst fick oftast en andra chans. På samma sätt kunde Uwe bli grinig över Horsts idé om att läsa sent på nätterna och stiga upp alldeles för tidigt på morgonen, knäppa på radion och sätta sig på balkongen med en joint och njuta av bruset av trafiken nere på gatan. En njutning som Uwe inte delade.

Minibussen var en ljusblå och väldigt sliten Volkswagen, och en tydlig trafikfara. Den hade tagit dem från Tyskland ner till Italien på mindre än en vecka. De hade inte skyndat sig, utan campat där det känts rätt och njutit av det fantastiska vädret som dragit in över ett annars höstligt Europa. Nu befann de sig i Giogoli, en liten by utanför Florens. De hade hittat en undanskymd plats, vackert belägen med skogsdungar runt omkring och inte allt för långt från vägen. Med hjälp av sitt lilla gasolkök hade de tillagat en trevlig middag på korv och potatis och ett par öl senare var de båda avslappnade och njöt av den varma höstkvällen.

Exakt hur planen egentligen fungerade var det ingen av dem som visste, men att ta sig ut i Europa och på något sätt hitta en plats att slå sig ner, hitta jobb och framtid var de lösa ord som de hade lovat varandra. Det var naivt tänkt, det visste båda, men vad är poängen med livet om man inte följer sina instinkter? Horst var väl den som var mest skeptisk till hela planen, men hade efter några nätters diskussioner kommit fram till hur de skulle göra. Egentligen ville han genomföra äventyret redan från början, men ville också veta exakt vad han gav sig in på.

Just denna dag hade börjat tråkigt då Uwe hade hittat en telefonkiosk och ringt hem till sina föräldrar. De hade genast börjat skrika, gråta och försökt förklara hur dum han var som gett sig av hemifrån tillsammans med en okänd man. Okänd för dem alltså, för det var alltid deras åsikter som räknades. De lyssnade överhuvudtaget inte när Uwe berättade om deras ett år långa förhållande, framtidsplanerna tillsammans och hur mycket han älskade Horst. Till slut lade han på, efter några hotfulla ord från hans far som yrade något om att ringa Interpol och efterlysa dem för något han inte kunde specificera. Kanske stöld. Kanske att Horst hade kidnappat Uwe?

Uwe fick tårar i ögonen och kvävde dessa med baksidan av händerna. Han hade harklat sig, skrikit rakt ut och skrämt en trött morgonflanör, men sedan var det över. Han ville aldrig träffa sin föräldrar igen, han ville bara sudda ut de senaste årens minnen av de som uppfostrat honom och bara minnas den där tiden som barn då livet verkade mycket enklare. Horst kramade om honom och de fortsatte mot Florens.

Ovanför dem kunde de se ett flygplan långsamt dra ett svagt streck över kvällshimlen. Ur den bussens svajiga stereo hördes Vangelis mäktiga ledmotiv från Blade Runner, en film som de båda älskade. Fast de älskade musiken mer. Nä, de älskade varandra ännu mer. De höll händer och försökte meditera upp mot den allt mörkare himlen. När de slöt ögonen och lät kroppen slappna av kunde de nästan känna hur de började snurra långsamt runt, lättade från marken och ut i ett främmande men ändå ett tryggt kosmos. Horst hade blivit överraskad av effekten den första gången och var sedan tveksam till att försätta sig i en sådan meditativ trans igen. Andra gången hade de köpt lite gräs och det hade hjälpt Horst att slappna av, men nu behövde han bara sluta ögonen och låta sig sugas in i den varma meditativa virvelvinden. Det skedde nästan varje kväll nu, i fall när vädret var fint nog för att kunna göra det under stjärnorna och molnen.

Konsten var att sluta oroa sig. Att ignorera omgivningen och bara låta sig lätta från det ytliga medvetandet och låta sig tas med på spännande resa. En resa som ändå var mycket intressantare än det som fanns runt omkring. Det tog många gånger innan Horst helt kunde släppa omgivningen, tankarna på att de var iakttagna av nyfikna människor, att han hade glömt att låsa dörren där hemma eller att maten inte stod och brändes vid på spisen. Det var en konst, utan tvekan.

När han svävade omkring där i en kropp som inte verkade tillhöra honom längre började han fundera på om det fanns gräs att köpa i Italien. Hur var straffskalorna egentligen? Var det kanske lagligt? Han hade brutit koncentrationen och befann sig nu i vanlig vila och öronen kunde återigen uppfatta naturen runt omkring, musiken från stereon och fotsteg som trampade sönder en torkad gren.

Han hann inte analysera ljudet förrän han kände hur någon försiktigt petade på hans ben med sin fot. Det var mörkt ute och det enda ljuset kom från en liten fotogenlampa några meter bort. Men ovanför Horst stod en brunhårig man med blanka ögon och tittade ner på honom. I det dunkla ljuset kunde han se ett leende och en uppsättning dåliga tänder. Horst tittade snabbt mot Uwes håll, men han låg på mage och andades tungt. Han hade somnat. Rent reflexmässigt hyschade Horst mannen och satte sig upp och trevade efter glasögonen som låg på filten bredvid honom.

Mannen sade något på italienska, men Horst förstod inte honom och försökte säga något artigt på engelska. När mannen hörde att Horst inte kunde italienska gick han över till att prata med en grovhuggen brytning.

"Picnic-friends, eh?"

Han log hånfullt och satte sin känga hårt i bröstet på Horst som trycktes bakåt och närapå tappade andan. Sedan var han raskt på fötter igen, men då hängande i de grova händerna på mannen, som visade sig vara väldigt stark. Det gjorde ont och Horst hade ännu inte fått tillbaka andningen. Detta åtgärdades med ett hårt slag över ansikte och glasögonen slungades iväg och in i nattmörkret. Chocken gjorde att Horst kunde andas igen, men började sprattla i panik för att ta sig loss ur mannens hårda grepp. Nu vaknade också Uwe och tittade upp på Horst som rosslande hängde i ett stryptag.

Uwe var snabb, tog sats och tacklade båda hårt. De föll ner på marken i ett kaos av adrenalinfyllda kroppsdelar. Uwe började slå på mannen med knutna nävar, i ansiktet och på kroppen, men drogs raskt från platsen när en annan man, blond och tanig, kom ut ur skuggorna och övermannade honom. Den blonde mannen började smeka Uwe över kroppen, men

193

släppte honom bara efter några sekunder och såg förvirrad ut. Han stirrade på Uwe och skrek något till sin kollega som brottades med Horst.

Mannen stannade upp i slagsmålet och Horst passade på att trycka sig ifrån honom med benen. Han kom upp på fötter och försökte få en överblick på vad som hände. Uwe låg fortfarande på marken och tog sig på armen, som om han fått en rejäl smäll där. Han blödde ur näsan och stönade av smärtan. Den blonde mannen stod bredvid honom och pekade chockat, som om han inte förutsatt att det var Uwe utan någon annan.

Den andre mannen gick fram till Uwe och slet upp t-shirten och avslöjade Uwes magra beniga bröstkorg. Horst började förstå nu. De hade trott att Uwe var en kvinna och velat våldta henne, men först efter att ha tagit ihjäl pojkvännen. Uwes långa hår hade lurat dem.

Mannen vände sig mot Horst och började skrika något på italienska. Han vände upp och ner på väskan de hade ställt utanför bussen, slet sönder tidningar och spred kläderna över marken. Han var ursinnig och sparkade på bussen, vrålade och var som förvandlad.

Som om det nu gick att bli ännu aggressivare. Det gick snabbt, men plötsligt hade han en pistol i handen. Han grep tag i Uwe och tryckte pistolmynningen mot hans huvud. Den blonde mannen fick instruktioner och hade nu en lång, blank kniv med räfflor på, i handen.

"Juss stand illi!". Horst förstod först inte vad mannen menade. Brytningen var på tok för primitiv.

"I don't understand!". Han höll upp händerna som att visa att han inte var beväpnad. Den blonde mannen gick närmare och började prata, betydligt tydligare.

"Just stand still. My friend is not so good in this English. So just stand still, please come to me. Have you ever heard of Il Mostro?". Hans leende delade nästan av det blonda huvudet i två.

Il Mostro? Horst var förvirrad. Han förstod inte vad poängen var. Det måste vara något lokalt, något som han inte kunde relatera till.

"Il Mostro?"

Det ekade bekant. Han hade sett rubriker i tidningarna den senaste veckorna. Snart skulle han komma på det. Snart. Det verkade viktigt.

Männen bara tittade på varandra och började skratta som de vore vansinniga. Ett konstlat skratt, det fanns inget äkta i det överhuvudtaget.

"Zuccone! Essi non sanno che devono aver paura!". Den blonde mannen tittade bakåt på sin kollega och gapade ännu mer i ännu ett skrattanfall som började kännas riktigt underligt. Horst kände igen ett ord, paura, vilket hade med rädsla att göra. Han borde ha förstått det i samma ögonblick som mannen sparkade på hans ben, de skulle inte komma levande från det här mötet.

Mannen pressade pistolen mot Uwes blodiga näsa, vred den mot det spruckna brosket. Uwe stönade högt, men verkade inte våga för mycket oväsen. Det var klokt. Det kanske skulle kunna provocera mannen. Han lyfte pistolen från huvudet för ett ögonblick och använde den att peka med.

"Ucciderlo". Han sade det lugnt och utan några känslor. De tidigare glädjeruset var som bortblåst. Han var en annan person. Horst visste inte vad det betydde men han förstod allvaret och gjorde sig beredd på att kämpa. Han tänkte överleva detta, om han skulle behöva döda.

Mannen fortsatte att vifta med sin pistol och snacka italienska med sin kollega, som i sin tur kom allt närmare Horst. Blodet från Uwes näsa hade runnit ner över mannens arm, som krampaktigt höll honom över bröstet, och Uwe såg sin chans. Det var kladdigare och halare och utan att mannen hann uppfatta vad som hade hänt låg Uwe på marken och kravlade in mellan hans ben, reste på sig och skjutsade honom framåt. Mannen ramlade framstupa och landade på ansiktet. Pistolmynningen gick rakt ner i jorden och stöten gjorde att hans hand vreds ur led. Mannen rullade åt sidan och vrålade av smärta. Den blonde mannen tappade koncentrationen och vred på huvudet för att se vad som hände.

Horst såg chansen och tog två raska steg framåt, vred mannens handled bakåt, vilket gjorde att kraften försvann. Kniven föll ner på marken och kort därefter föll också mannen efter att ha fått ett knä rakt över ryggraden. Horst skrek åt Uwe att ta pistolen, och det lyckades han också genom att sparka den från mannen som nu hade kommit upp på alla fyra och försökte rädda situationen.

Nedanför Horst vände sig den blonde mannen på sig och försökte sparka Horst mellan benen, men träffade smalbenet istället. Horst blev först nästan förlamad av smärtan, men tryckte sedan bort den och lät kroppen styra sig själv. Han satte sig ner över mannen, tog kniven som låg halvt dold i gräset och satte den i strupen på honom. Den gick inte speciellt långt in, och han missade precis halspulsådern, men det var tillräckligt för att mannen skulle gurgla och ta sig för halsen i tron att livet började rinna ur honom.

Ett skott brann av och Horst tittade upp. Uwe stod med pistolen i handen och framför honom låg mannen och tog sig över magen. Han avlossade ännu ett skott, som tog i bröstkorgen och sedan ett skott till. Denna gång i huvudet. Horst höjde armarna och försökte lugna Uwe, som tittade stelt ner på kroppen framför sig. Sedan vände han sig mot Horst och mannen, väntade tills att Horst hade klivit av slagsmålskämpen och började fingra på avtryckaren igen.

"Snälla Uwe! Ta det lugnt... får jag pistolen?" Horst gick närmare sin pojkvän och sträckte fram handen som för att ta vapnet från honom. Uwe tittade på honom med lugna ögon och log.

"Vi kommer inte att ha en chans Horst. Vi kommer att bli slaktade av systemet. Tror du någon kommer att tro oss? Det kvittar hur kriminellt belastade dessa män är, vi är bara ett par bögar".

Det han sade var negativt, men det lät också som om han hade en plan. Sedan sköt han den blonde mannen. En gånger. Två gånger. Tre gånger. Alla gånger i ansiktet.

Horst förstod att det inte skulle bli något bad den här natten, eller på morgonen. Han hade verkligen längtat efter det. Nu stod han här istället med sin pojkvän och två döda kroppar och något måste göras för att lösa situationen. Uwe såg nöjd ut och han kastade ner pistolen på marken och kramade om Horst.

Det visste båda vad som måste göras.

Två veckor sedan badade de i en flod i södra Italien. Livet var underbart. De hade köpt en gammal bil av en bonde och sedan fortsatt sin tur. Snart skulle de ta sig ut ur Italien, kanske som passagerare i en hyrd båt. Besparingarna skulle räcka till det och mycket mer.

Horst var först tveksam till idén, men när morgonen började gry och kropparna fortfarande låg där i det avslöjande ljuset hade han gått med på det hela. Nu var det bara att hålla tummarna att den italienska polisen skulle vara lika slarvig som personalen vid gränskontrollen. Om det var ödet, eller något annat absurt, var de båda männen fysiskt lika Uwe och Horst. I alla fall rent kroppsmässigt. Att den blonde mannen dessutom hade ett liknande hår som Uwe var ett rent mirakel.

Det hade varit väldigt enkelt. De hade bytt kläder, lämnat kvar sina nya pass på platsen tillsammans med tillhörigheter och bussen. De gamla passen, som de lyckligtvis hade behållit, skulle komma till användning senare. Om inte för att visa upp för trötta kontrollanter, men kanske mer för att använda för att tillverka nya förfalskade pass i andra namn. Horst hade använt en sten och slagit in männens ansikten, vilket blev ännu mer oigenkännliga. Han spred tänderna runt om i området för att försvåra identifiering. Det var som om männen hade upphört att vara människor och nu bara var billig rekvisita i en skräckfilm.

Till slut var Horst och Uwe döda. Liggande i och utanför bussen, tills synes förstenad av skräck på grund av ett dåd som senare media och polisen meddelade var ett verk av Il Mostro, Monstret i Florens. Som väntat gick identifieringen snabbt och man utgick mest från tillhörigheterna och passen. Som om man inte lade ner för mycket arbete för två döda bögars skull.

Uwe såg annorlunda ut nu när Horst tittade på honom nere i vattnet. Han hade låtit skägget växa, snaggat håret och arbetade på att äta upp sig en aning. Horst hade inga glasögon, och mustaschen var borta. Håret var oklippt och han såg absolut inte lika proper ut längre.

Men vad gjorde det? För första gången var de fria och de hade bara varandra. Il Mostro mördade aldrig igen.

Hemligheten låg begravd hemma i Tyskland, på en kyrkogård där en gråtande familj nyss hade fällt sina krokodiltårar.

Dejt.

Här står jag. Där sitter han. Jag ser honom. Han ser inte mig. Mitt där ute i vimlet sitter han med en liten kopp brännande kaffe.

Han sitter på ett av centralstationens kaféer och verkar ha det trivsamt. Egentligen är det en ganska kaotisk plats. En plats där folk möts, skiljs åt, utbyter varor, grälar, skrattar. En plats där människor möter sina öden. Vi är ett enda långt lämmeltåg som vandrar till centralen för att resa vidare eller kanske stanna kvar. Nu var det länge sedan gubbarna kunde sitta och sova på bänkarna, eftersom det knappt finns några kvar - varken bänkar eller gubbar. De få, oftast yngre narkomaner med stirrig blick och krampande händer, som vågar sig på en sömnstund kastas snabbt ut av överspända vakter. Istället står människor i små klungar, uppdelade i flockar, runt om i hallen och tittar upp mot de blinkande skärmarna. Tåg till Skövde inställt! Nej! Som om det ens är nödvändigt att åka till Skövde?

Logiken sade att den här platsen var den bästa, och vem är jag att säga emot det undermedvetna. Kunde lika gärna ha dragit lott och ändå fått det här stället. Nu ska vi i alla fall träffas för första gången.

Det finns bara ett problem. Ska jag eller ska jag inte? Okej, jag borde göra det. Det var jag som fick hit honom och bör av ren artighet fortsätta vad jag gett mig in på. Men jag är förbannat nervös! Har ingen anledning att vara det.

Fan, han tittar upp! Skit, tänk om han såg mig? Det vore inte bra, och dessutom rejält jävla pinsamt. Ska försöka klämma mig in bakom pelaren ännu mer. Tack och lov att jag är någorlunda mager efter åratal av kvällstidningarnas bantningshets.

Faran är över just nu i alla fall, han återgick snabbt till sin kaffekopp och tidning. En tidning som han bläddrar i. Långsamt, nästan i ultrarapid Han läser varje notis, varje artikel. Som han vill få den att räcka länge. Illaluktande trycksvärta fastnar på hans fingrar och han försöker gnida bort det mot bordets feta yta.

Undrar om han kommer att uppskatta rosorna jag köpt? Det vore minst sagt fånigt om han var allergisk och får ett anfall när jag sträcker fram dem! Ska man ge rosor till en annan man också? Tiotusen röda rosor vill jag skänka dig! Medelålders! Nä, värre. Gubbigt. Helvetiskt patetiskt. Jag är en levande klyscha, en stereotyp som hämtat ur en platt svensk komedi.

Måste röra på mig. Fan att jag måste vara blyg. Rodnar bara om någon tilltalar mig. Pinsamt. Väldigt pinsamt.

Ett, två, tre! Nu går jag! Det går som smort. Tränger mig förbi en blind tant, nickar vänligt åt Frälsningsarmén och rycker på axlarna liksom för att meddela att jag inte har några pengar på mig. Det har jag givetvis, men vem vet vad pengarna går om jag bara ger bort dem? Frälsningsarmén, tiggarmén som de borde kallas. En man från Hare Krishna susar förbi mig med sina orangea kläder - vad är det här, Titta Vi Flyger? Ett par som ser ut att vara nyförälskade håller på att krocka med mig, men jag hoppar elegant undan. De märker mig inte ens. Kan inte släppa Hare Krishna, trodde bara de fanns på en flygplats i New York eller något, i alla fall i filmens värld.

Jag ansluter mig till några tyska turister som just stannat till vid bögringen. Är det någon som kallar stället för bögringen nu för tiden? Eller spottkoppen? Eller... ja, jag vet inte vad den kallas. De är knappast någon som raggar där nu för tiden i alla fall. Ingen som försöker möta en annan ensams mans blick där på andra sidan hålet.

En mycket tjock tyska skymmer sikten för mig, men när hon flyttar på sig blir jag lugn och oron släpper sitt tag. Tänk om han hade försvunnit från centralen och glömt bort mig? Men det hade han inte gjort. Inte alls, han är såpass mycket bättre än alla andra.

Jag är en sådan där som alltid gör bort mig. Först stämmer jag träff med honom och sedan vågar jag inte träffas. Fjantigt.

Han är otroligt vacker och kommer garanterat bli besviken är han träffar mig. Det måste jag räkna med.

Kusten är klar. Här kommer jag som en riddare i vit rustning, eller på vit häst i skinande rustning? Nä, så spektakulärt kommer det inte att bli, men visst kommer han att lägga märke till mig. Rätar på ryggen och försöker se någorlunda bra ut. Antydan till kulmage. Den suger jag in. Jag räknar ner igen. Till tre. Eller på tre snarare.

"Det kommer att gå bra" rabblar jag om och om igen inom mig. Går mot skönheten. Han lyfter på huvudet och ler - åt mig! Livet är ändå fantastiskt! Nu blir jag lycklig. Han reser sig upp och gör en välkomnande gest med handen mot stolen mitt emot. Jag vill ha en kram först, men väljer att sträcka fram blommorna och fråga om han gillar dem. Det gör han.

Jag ler tillbaka och tar fram pistolen.

Han verkar inte fatta det först, men när jag trycker av ser han förvånad ut. Han flyger bakåt av kulans kraft och runt omkring börjar människor springa och skrika.

Att de inte förstår. Jag är som vem som helst. Som den illaluktande grannen, som den kufiska prästen i kvarteret, som det snygga paret du ser på ICA, som din mor, din far, din bror, syster, vän, kusin, släkting.

Och vem som helst kan göra vad som helst.

Världen den sommaren.

Det var en liten man som stod där uppe på det enkelt uppbyggda podiet. Han hade en prydlig sidbena, klädd i en mörkblå kostym och en uppsättning bländvita tänder. I handen höll han ett litet anteckningsblock och var flankerade av ett flertal yngre män med banderoller och vimplar. Det var som ett illa besökt väckelsemöte och den kalla vinden som gled in över sommarstaden gjorde inte att folk blev mindre sugna att lyssna på en Sverigedemokrat med storhetsvansinne.

Några gråa tanter med överrockarna upp till öronen, tre stycken motdemonstranter med antirasist-banderoller och en ensam journalist med en fickbandspelare. Han såg frusen ut, trots den soliga eftermiddagen. Karl fnös åt eländet och tittade på sin man.

"Jag har svårt att förstå själva grejen. Varför?"

Han nickade mot det minimala uppbådet som stod och lyssnade på den kortvuxne mannen.

"Peniskomplex kanske". Gunnar grimaserade, det var starkt kaffe. Lite för starkt, som vanligt när Karl beställde. Han tittade inte upp från tidningen, men det gjorde inte Karl något. Efter några år vänjer man sig med kommunicera på sin partners sätt.

"Små kukar ger oftast upphov till någon form av komplex. Kanske känner man sig liten i övrigt, kanske psykiskt, och måste uppväga det med lite gamla hederliga fördomar. Eller?"

"Frånvaro av kuk i så fall" sade Karl och försökte låta bli att stirra på deltagarna. Det var inte speciellt kul var det inte, men innerst inne fanns det en önskan att ett träd skulle blåsa omkull och krossa den lilla mannen och hans bihang av unga, passivt aggressiva män.

Några bland åskådarna, ett par ungdomar, började ropa något, och den lille mannen med den mörkblå kostymen blev märkbart irriterade och tappade koncentrationen. Karl log, och lät blicken glida tillbaka på Gunnar; mannen han varit ihop med i tio år. Eller var det elva? Han hade svårt att minnas, men försökte minnas tillbaka till den dagen i Orminge, nere i Stockholm, där de hade sin första lilla träff: pizza, öl och en kyss som han aldrig skulle glömma. Det var som om allt hade förändrats; alla misslyckade förhållanden försvann i ett svart hål, ett svart hål som ibland kunde uppenbara sig tråkiga söndagar, men som Gunnar alltid räddade genom en varm kram och en blöt puss.

Det hade varit en chansning. Karl var inte sugen på något nytt, inte efter den senaste idioten som mer såg deras förhållande som form av sjuklig egotripp. Det handlade om en omogen man som hellre såg sig själv i spegeln än tittade sin älskade i ögonen.

"... kristna värderingar!" var två ord som ekade in på caféet när dörren för ett ögonblick öppnades för att släppa in en barnfamilj. Kristna värderingar? Gunnar var djupt försjunken i en gammal damtidning och fnissade för sig själv. Han hade inte hört något, men Karl blev irriterad över det korkade uttrycket. Kristna värderingar? Det var Sverigedemokraternas slagord, ett slagord som bra nära hade slagit ut Kristdemokraterna från makten och nu hade det gått fem år sedan Sveriges enda renodlade kristna parti hade självdött. Kvar som ersättning fanns detta gäng med lättkränkta rasister.

De hade inte långt kvar, det visste alla. Liksom Kristdemokraterna splittrades som Ny Demokrati, höll Sverigedemokraterna på att förfalla, ruttna på grund av inbördes bråk, intriger och utbrytargrupper. Samhället hade blivit hårdare och mer cyniskt sedan moderaternas maktövertag, men den nya regeringen kämpade på bra för att rensa ut alla otrevliga element. Men Karl orkade inte bry sig mycket mer. Han var mer inne på att försöka ta det lugnt, skratta med kollegorna på jobbet och se fram emot de två resor som han och Gunnar gjorde varje år. Nästa gång skulle det bli Chile för tredje gången. Några dagar på Påskön igen, vilket kanske inte var Gunnars förstahandsval, men han fick leva med det. Allt för kärleken, som Karl skämtsamt brukade säga.

Förutom de kalla vindar som drog in över Östersund den här dagen var det en underbar sommar. Värmen hade hållit sig på en behaglig nivå, men solen var stark och Karl fick kisa bakom solglasögonen, något som kunde ge honom spänningshuvudvärk. Tack och lov för skugga.

Det var helt enkelt en sådan där sommar då en uteservering, ett par glas öl och en flottig pizza var som en dröm, en perfekt dröm om det perfekta livet. Långt borta från krav, stress och ångest.

Kvällen närmade sig och det blir allt svalare, solen sänkte sig långsamt ner bakom fjällen och det var verkligen något speciellt som skedde i världen den sommaren. Något som förändrade allt.

Två år senare.

Det hade hunnit mörkna och Karl satt ute på verandan och tittade mot glöden som falnade bakom fjälltopparna. Ett glas med whisky vilade i handen och jointen hade slocknat för länge sedan där den satt mellan hans fingrar. Karl sov och drömde om hur det var i början. Han vred oroligt på sig och satte hammocken i rörelse. Gunnar rörde vid hans kind och Karl vaknade upp.

"Trötter". Gunnar var varm och pigg och satte sig ner sig i hammocken, lade sin arm runt Karls axlar och gosade in sig mot honom. Stängslet runt om gården sprakade då småfåglar och större insekter flög in i det. Ett ljud de hade vant sig under belägringen; ett elektriskt ljud av trygghet.

De hade varit fler där ute på gården, men många hade gett sig av och aldrig kommit tillbaka. När skriken hade tystnat återgick de kvarvarande till vardagen, tills att det var dags igen. Från början fanns det också två bilar och en traktor där, men traktorn försvann en mörk vinternatt tillsammans med en medelålders man som ville hem till sina gamla föräldrar.

"Det är hopplöst. Det finns ingen där." hade Gunnar sagt till honom, men mannen lyssnade inte puttrade sedan ut i snöovädret. Det rådde en kompakt tystnad efter att traktorns motorljud dött ut. Han kanske kom fram ändå, eller kört fast och frusit ihjäl. Det kanske var det bästa som kunde ha hänt honom, hur otrevligt det ödet än var.

En av bilarna stals av någon mitt på ljusa dagen, bara någon månad innan incidenten med traktorn. Vem det var fick de aldrig reda på, men familjen Kvarngård, som anlände något senare till gården, hade sett den stå översnöad ute på en åker inte långt från en av de stora vägarna.

Ja, ingen kunde väl svära på att det var just den gamla Forden. Men en bil stod där i fall. Fönstren var krossade, däcken platta och runt om låg en resväska utspridd.

Kvarngårdarna... Karl ruskade på huvudet när han kom att tänka på den olycksaliga familjen och hoppades att deras hemska öde inte skulle vara förgäves.

Ingen ville tänka på människorna där ute. Både de som offrades och de som offrade.

Två år tidigare.

Den där dagen på caféet, med packet av Sverigedemokrater utanför, förändrade deras liv. Ingen vet varför det hände.

Varken infektioner eller religion kunde vara en förklaring till varför alla heterosexuella blev till rasande, våldsamma, blodtörstiga monster. Inte monster med tentakler och tre ögon, utan mer som fysiska manifestationer av hat-trollen på internet.

Det var som alla hämningar försvann: en vibration av aggressivitet spred sig genom kroppen och sedan var man fast i raseriet. Karl, som hade en förkärlek till skräckfilm, kunde känna igen sig i sådant han sett innan. Men det här var på riktigt; det var inte make-up, teaterblod och kroppsdelar av latex. Det var kött och blod.

Från caféet kunde de se hur de yngre männen bakom partiledaren där ute plötsligt kastade sig ut i publiken, utan provokation, och attackerade en äldre kvinna. Hon skrek tills att halsen var uppsliten och blodet kvävde henne. Flera av åhörarna försökte slita männen från henne, men det dröjde inte länge förrän de själva förvandlades och började sprida sig från torget och ut mot byggnaderna och gatorna runt omkring. Gunnar hade inte lagt märke till tumultet, försjunken i ett korsord, men när en cykel krossade fönstret flög båda upp och började springa bort från dörren, in i labyrinten av trånga bakgårdar, korridorer och trapphus. Ingen sade något, ingen skrek, de bara sprang som om det som hände vore den naturligaste saken på jorden.

Det verkade som om människorna förvandlades gradvis. Blev de inte attackerade och dödade av andra människor dröjde det några minuter innan de själva blev arga. Våldsamma. De ville döda helt enkelt, döda människor som på något sätt inte passade in i deras egen bild av omvärlden, vilket var alla som inte var heterosexuella. På något sätt kunde de avgöra det, men hur, hade ingen lyckats lista ut. Det kastades ut idéer om lukter, om feromoner. Till och med utseende, men det kastade man snabbt i skräphögen bestående av rasbiologi.

Karl och Gunnar hade sprungit till sin bil, och det var nog bara av en ren slump att de inte blivit dödade.

Östersund var kaos. I korsningen ovanför biografen körde två bilar in i varandra och förarna sprang ut och började slå in ansiktet på varandra. En man som försökte sära på dem fick ett knivhugg i halsen och föll ner på marken i våldsamma konvulsioner, samtidigt som hans mun tyst skrek efter luft. Gunnar var vit i ansiktet, men försökte behålla lugnet bakom ratten. Karl var skräckslagen, men båda insåg att stannade dom var det slut.

De måste fortsätta köra.

Sedan tre år tillbaka hade de en lägenhet utanför staden och det var dit som färden gick för att ta skydd och försöka ta reda på vad som hade hänt. Men det dröjde veckor innan man förstod allt, det lilla som gick att förstå. De insåg ganska snabbt att de inte kunde stanna kvar i sitt hem. Det var oskyddat med stora fönster på bottenvåningen och alldeles för mycket människor i närområdet.

De måste vidare, bort. Långt bort.

Två år senare.

Det tar några år innan man hinner hitta en ro i livet och det var något Karl och Gunnar hade funnit till sist. Gården låg avsides och eventuella inkräktare stoppades effektivt av det höga gallerstaket som de hade hämtat på en byggarbetsplats. Under några stressiga nätter åkte de dit med släpkärra och spännband och lastade på allt som fick plats. Tillslut hade man ringat in gården och elektrifierat gallret med hjälp av ett aggregat. Bensinen hade senare blivit ett problem, men genom att metodiskt tömma de bensinstationer man stött på fanns det ett lager som skulle räcka i åtminstone ett år till.

Men sen skulle det bli problem.

"Man ska inte stanna för länge på en och samma plats" brukade Karl alltid säga, redan långt före den sommaren.

"Man måste röra på sig. Se något nytt".

Vissa skulle kalla det att fly, men det handlar om pånyttfödelse. Stannar man för länge slutar man att upptäcka livet.

Det fanns andra överlevande, långt bort. Karl beräknade det till kanske tio-elva mil, nära fjällen. Rökslingor från åtminstone två skorstenar bolmade upp mot himlen varje dag Troligen såg dessa människor deras rök också, men ingen verkade vilja ta kontakt med varandra.

"Kanske hade man funnit den frid man alltid sökt" trodde Gunnar medan han låg på golvet och försökte få vinylspelaren att fungera. Musiken var viktig, den var den drogen som de höll sig till nu. Förutom Gunnars lilla lager av marijuana, något de hade hittat i en övergiven bil för några år sedan. Vem överger en sådan skatt egentligen? En gång i månaden njöt dem, men fasade för dagen då gräset skulle ta slut.

Det var lätt att gå varandra på nerverna, men genom disciplin turades de om med matlagning och städning, och gav man sig ut med bilen var det alltid tillsammans. För skulle det hända något behövde ingen bli lämnad ensam kvar.

"Dum-romantiskt" hade Gunnar sagt och fnyst, men gillade ändå förslaget. När världen var som den var det lika bra: dö eller dödas. Huvudsaken man fick vara med sin älskade.

De första månaderna på gården hade radion stått och brusat hela tiden. Karl kollade frekvenserna varje dag och teven, trots att den var helt svart, fick stå på. Vem vet om någon kopplade upp sig. Tyvärr fanns det ingen dator, eller internetuppkoppling för den delen heller, där ute. Men de får gångerna de lyckats koppla upp sig stod världen still, i alla fall nyhetssidorna och myndigheterna. Resten brydde de sig inte om, de levde sitt eget liv nu.

Det kändes som sommarnätterna blivit mörkare. Den där berömda midnattssolen kändes som en myt vid det här laget, istället glödde den behagligt bortom horisonten innan den varje kväll försvann. Karl och Gunnar brukade alltid sitta i hammocken och titta på utsikten, fantisera sig bort någonstans och prata om saker de vanligtvis aldrig pratade om. Vad skulle man annars göra i en död värld?

"Jag skulle vilja resa". Gunnar sade det nästan frånvarande, som om han tänkte högt. Karl nickade och klämde Gunnars hand hård.

"Resa långt bort, bara lämna allt".

Det var som Karl brukade säga. Inte stanna för länge på samma plats. Då riskerar den att ruttna. Det sprakade till mot staketet och ett djur, kanske ett rådjur, skrek av smärta, sedan tassade fotstegen ut i mörkret igen. Galningarna, som de brukade kalla sina stackars heterosexuella medmänniskor numera, var livrädda för elektriciteten. I början hade några letat sig ut dit, men sedan hade det blivit allt lugnare. Rent ut sagt dött.

Människan var trots allt ett modernt djur och drogs till andra moderna djur i storstäderna. Undrar hur

Stockholm var nu? Eller Östersund och Sundsvall för den delen också? Det var något de hade frågat sig många gånger, men undvikit att analysera för mycket. Motorvägarna låg stilla och övervuxna, höghusen kanske var svarta, utbrunna skal? Vad hade det blivit av alla människor? Fanns det de som gömde sig där inne någonstans?

"Ska vi resa?". Karl försökte möta Gunnars blick, men han var fokuserade på det sista röda bakom bergen.

"Vi får fundera på saken..." fortsatte han och sög i sig den sista whiskyn.

Det hade tagit en månad innan de hade slagit ihop två och två. Alla hade inte blivit galningar. Alla hade inte tagit klivet över till det eviga raseriet. De hade kontakt med en del överlevande de första veckorna, men alla begav sig neråt i Sverige, långt bort från Östersund. Ja, den lilla staden var nog ganska osäker, men fördelen var att inte bara de friska gav sig därifrån, utan även de sjuka. Det skulle bli en lugn stad. Kanske för lugn. Det fanns dock en likhet mellan de överlevande, de som inte smittades. Män och kvinnor som inte var heterosexuella, som inte gick efter normen.

Det var en absurd tanke, absolut. Karl tyckte den verkade vansinnig. Gunnar kände att det kunde vara så, men ingen ville riktigt tro det. Men när de enda man stötte på var homosexuella par, transpersoner, bisexuella och det blev allt svårare att förneka. Ingen talade högt om det, i rädsla för att kanske bli kritiserad eller till och med attackerad av överlevande heterosexuella människor. Men inga heteros dök upp. Inte i naturlig form i alla fall, utan i en rasande aggressiv form. Kastande sig på fönster och bilar, med tillhyggen och tomma haj-ögon. Ute för att döda.

Karl glömde aldrig dagen på torget. Hur kaoset spred sig som en eldstorm, människor som skrek och sprang, bad för sina liv. Partiledaren, Jakob som han hette, verkade inte bli påverkat. Han såg istället rädd ut och gömde sig först under podiet, men sprang sedan för livet ner för torget mot polishuset utan att förvandlas. Gunnar hade inte noterat Jakobs lilla äventyr, utan dragit med sig Karl in i cafeterians kök och sedan ut på andra sidan huset.

Redan där hade de dödat för första gången. Kocken kom emot dem med en brandyxa, och Gunnar hade slagit honom i ansiktet och sedan stampat sönder strupen på honom. Det djuriska våldet väckte något djuriskt tillbaka, det gick inte att förneka. Karl drömde ofta om Gunnars blodiga ansikte och hetsiga andetag, men han berättade det aldrig för sin man; som säkert drömde om det ibland också.

"I mitt tidigare liv måste jag ha varit ond och lycklig"

"Hur menar du" undrade Gunnar.

"Jag är lycklig nu, men på samma gång känner jag ingenting för omvärlden. Alla som har dött. Alla som är sjuka. Ingenting."

De tystnade och tittade ut mot mörkret. Whiskyn var slut. Kvällen också.

Morgonen började som vanligt. Karl vaknade först, kokade kaffe till Gunnar, tog en promenad runt gården, kollade att potatiskällaren var låst och säkrad, inspekterade gallret och petade bort eventuella döda småfåglar. De små liken lockade till sig större djur, och var skönt om det var lugnt kring gården. Desto mindre falsklarm desto bättre.

Han hejdade sig och tittade ut över landskapet, drog in ett djupt andetag och kände efter. Något var annorlunda. Det tog några sekunder för Karl att inse att en av strimmorna av rök hade kommit lite närmare. Stressen rullade in. Han vill inte veta av någon annan, han ville vara i fred.

Det kanske bara vara inbillning. Fast det var det inte, det visste han.

Någonstans kom tanken att detta var början till slutet.

"Fan" tänkte han och försökte skaka bort tankarna.

Karl hade aldrig gillat uttrycket "somna in", och efter att ha sett människor dö på hundra olika sätt visste han att det inte fanns något bra sätt att somna in.

Varje dag, med eller utan galningar, handlade i grunden om att man begav sig iväg för att dö, oavsett om det skedde i sömnen, får en hjärtattack i joggingspåret eller skjuten i huvudet av en överentusiastisk polis. Dagarna efter att världen drabbats hade en polis flippat i Östersund. Han hade åkt omkring i en piketbuss och skjutit på allt som hade rört sig dagarna efter den första vansinnes-stormen, med samma tomma hajögon som de sjuka, bara med ett mer beräknande vansinne. Ensam polis mot tusentals galningar. Ständigt civilklädd, men alla bögarna i Östersund kände igen honom. Fortfarande djupt inne i garderoben, och brukade smyga in sent på fester och pubar och försvinna ut igen utan att göra något större väsen av sig. Utåt var han en typisk manlig stereotyp, drog bögskämt med kollegorna och hade problem med alkoholen där hemma framför Tv-sporten.

"Jävla blattejävlar" skrek han och sköt omkring sig tills ammunitionen tog slut. Sedan tog han sin piketbuss och slirade rakt ut på E4, siktade in sig mot Sundsvall och sågs aldrig igen.

Nä, ingen somnar in. Man dör alltid hållande hand med rädslan.

Ibland hade de snackat om det, att ta självmord eller på annat sätt dö tillsammans. Men äventyret livet lockade alltid för mycket.

226

"Ska vi död ska vi dö med en rejäl smäll!" ansåg Gunnar.

Tanken var lockande. En rejäl smäll, explosioner, action, jakt och äventyr. Kanske avsluta det hela mot en bergvägg efter att ha skövlat ner tusentals galningar. Ett riktigt Hollywood-slut. Men det fick vänta. Några år till skulle de allt kunna hålla ut.

Rökslingan var betydligt närmare, det var den verkligen. Mycket närmare. Den hade förflyttat sig kraftigt de senaste veckorna, som om någon, eller något, visste att de fanns där. Karl inbillade sig stundtals ljud av bilar långt bort, som gasade. Det ekade över dalen, slog mot bergväggar långt bort och lade sig som en svart hinna över Karls humör. Snart skulle någon hitta vägen och sedan gården. Deras färd hade uppenbarligen varit rakt mot gården, som om någon visste att de fanns där. Han var tvungen att ta upp det med Gunnar.

"De hittar aldrig hit! Varför skulle de vilja hit överhuvudtaget? Som om vi skulle ha mer mat eller mer bensin?". Gunnar såg dock orolig ut, nyvaken och med håret åt alla håll.

Karl skruvade på sig och tittade upp mot den blå himlen, inga moln. Inget oväder. Bara dessa skuggor i paradiset som kallas människor.

"I morgon är de här" tänkte Karl dystert för sig själv.

Det var som om Gunnar kunde läsa hans tankar.

"Det är lika bra vi förbereder oss".

Sedan gav han Karl en kyss på munnen och kramade om honom hårt.

Den sista morgonen.

Det var inte bara en bil. Det var en liten karavan på fem bilar som kom långsamt åkande upp för den trånga skogsvägen fram till gallergrindarna. Det var alla Volvobilar, svarta och mörkblå.

Karl stod inne i köket och tittade ut. Gunnar kom precis in och borstade av sig händerna.

"Vad gör dem?". Han kisade mot grindarna.

Karl behövde inte ens svara då ljudet av bildörrar hördes. Gunnar såg spänd ut, men det fanns något i ögonen. Äventyr kanske. Karl kände ett pirr, en

228

vibration i kroppen. Något som i grunden var bra för honom, vad det nu än skulle leda till.

Båda kände sig som två gamla västernhjältar när de klev ut på verandan, Gunnar med jaktgeväret på armen och Karl med ett basebollträ. De kunde räkna till tio personer där ute, nio män och en kvinna. Alla självsäkra och välklädda, men främst av allt med breda plastiga leenden.

"Det känns som kristdemokraternas riksting" viskade Karl och lät basebollträet vila i handflatan. Tyngden kändes trygg. Mannen som tog ledningen var märkligt välbekant, och det dröjde inte många sekunder innan både Karl och Gunnar fattade vem det var.

"Ja, jävlar...". Gunnar flinade åt synen.

Framme vid grinden stod Jakob, för två år sedan partiledare för Sverigedemokraterna, numera uppenbarligen bög.

"Storbesök ser vi!" ropade Gunnar och lade ner geväret mot armen och riktade det mot Jakob.

Jakob log och spelade lugn. Det där falska lugnet, den där fåniga tryggheten som översittare ständigt ville

försöka inbilla folk att de hade. Han höjde händerna i
en lugnande gest.

"Får vi komma in?"

Han gick mot staketet, men Gunnar hann stoppa
honom innan han rörde vid det.

"Se upp där, det kan göra jäkligt ont!"

Jakob drog långsamt bort sin hand och log mot
paret.

"Tack, det var vänligt vad dig. Får vi komma in?"

Gunnar tittade mot Karl och båda var redo för
denna första riktiga konfrontation på väldigt lång tid.
Det fanns en bod några meter från huset och Gunnar
gick dit och stängde av strömmen. Aggregatet stönade
till och dog.

Jakob hakade loss grinden och släppte in sig själv
och sitt sällskap. Det fanns något konstgjort över
honom, som en kommunpolitiker på högerkanten.
Tänderna var fortfarande skinande vita, håret fönat och
välvårdat. Ett par tunna glasögon prydde näsan,
ansiktet var renrakat och kläderna såg mer eller mindre
nya ut.

"Någon har fått igång en kemtvätt i alla fall..." tänkte Karl och skrockade diskret. Två män höll sig hela tiden precis bakom Jakob. Det var ingen av männen som hade stått på podiet; detta var nya fräscha sinnen, korrumperade vad dumhet.

Det var inte helt olikt Grant Woods American Gothic, den där målningen med bonden och hans vuxna dotter framför sitt hus, men nu med Karl och Gunnar, med gevär istället för grep. Denna gång kunde man äntligen se vad som gjorde paret buttra på andra sidan målningen.

"Jag är glad att se er" nästan skrattade Jakob och slog ihop händerna som han vore på ett väckelsemöte.

"Jag är oerhört glad att se er!" förtydligade han och visade upp ett brett, mekaniskt leende.

Tystnad, något som Jakob ignorerade med vana.

"Sverige är fortfarande i kaos. Vi har hört rapporter om hur storstäderna är belägrade och att denna smitta finns över hela världen. Nu är det upp till oss homosexuella att rensa upp i skiten, ställa allt till ordning igen och se till att inga främmande element kan förstöra denna nya, vackra värld. Tänk er möjligheterna! Tänk hur vi svenskar äntligen kan samsas kring ett och samma mål; målet om trygghet. Vi kan upprätta kyrkan igen, se till att våldet och perversionerna som pågår försvinner. Upptäcker vi heterosexuella som inte är smittade, ska dessa undervisas i den nya tiden. Den nya kampen! Äntligen ska vi trycka ner dem. Äntligen ska vi, som kämpade för Sveriges väl en gång i tiden, få upprättelse!".

Karl skakade på huvudet.

"Kristendomen har alltid varit homovänlig och det är sådana kristna värderingar vi ska använda oss av i fortsättningen. Inga par får leva tillsammans utan att ha godkänts och registrerats av präst och myndigheter. Allt för att undvika att den heterosexuella smittan sprids vidare."

"Men vad ska ni göra", insköt Gunnar, "om ni hittar friska heterosexuella egentligen? Och om man inte vill följa er? Eller skuldbeläggas under någon form av religion?".

Jakob log och tittade menande mot sina vänner i bakgrunden.

"Det är enkelt. De som inte blir som oss kommer att sättas i läger, läras upp till goda homosexuella. Vi är ett kristet land och det är givet att vi ska följa den kristna tron och upprätta lagar och regler efter den i fortsättningen. Det är det enda sättet som Sverige kan återuppstå ur sin aska".

"Hur många är ni?". Karl hade svårt att dölja sin skepsis.

"Det är vi".

Jakob bredde ut armarna i en frälsargest, som för att samla lammen runtom sig.

"Vi här och ni där. Ansluter ni er till oss kan vi fortsätta sprida budskapet, leta oss längre ner i landet och där fånga in resterna av svenskheten som annars kommer att förstöras."

"Du menar, stannar ni här kommer ert budskap aldrig att nå storstäderna?"

"Vi kommer inte att stanna här. Det vet ni. Kom med oss. Följ oss, och jag lovar att världen kommer att förändras. Tiden är inne".

Jakob var galen, för att använda ett enkelt uttryck. Men en karismatisk ledare kunde alltid dra med sig en större hop idioter, och frågan är om det skulle få ske.

Karl och Gunnar förstod vad de skulle göra i alla fall

"Visst. Kom in, men eventuella vapen lämnar ni i bilarna". Gunnar sänkte sitt eget.

Ingen var beväpnad. Gunnar stängde igen grinden bakom dem och vred på strömmen igen. Det sprakade till och sedan var de säkra igen. Jakob tittade förtjust på anordningen.

"Det här är något som man skulle kunna använda till våra läger!"

Gunnar hade redan vänt ryggen åt honom och promenerade runt huset. Karl hade svårt att dölja sitt förakt för dessa unga människor, knappt torra bakom öronen och redan en dröm om elitism och censur. Precis som innan, fast tvärtom. Människan förändrar sig aldrig. Är det inte det ena som är rätt, är det helt enkelt det andra. Jakob studerade hans leende.

"Vad ler du åt?"

"Jag ska visa, vänta lite..."

Karl gick upp på verandan och låste dörren. Alla fönsterluckorna var tillbommade. Sedan tog han nyckeln och slängde den långt ut i skogen. Männen tittade på varandra och sedan på Karl igen. Jakob sprang fram till honom och grep tag i hans arm.

Handen var svettig och hans ögon hade blivit blanka. Han hade förlorat kontrollen.

"Vad fan gör du?" frågade han väsande och nästan klamrade sig fast vid Karl.

Nedanför verandan stod Gunnar med höjt gevär och siktade mot Jakob, och indirekt mot resten av männen.

"Stå här och rör er inte. Vi vill presentera någon för er".

De började båda backa bort från huset, mot den lilla ladan som man kunde skymta fram där bakom, ett stenkast från jordkällaren.

"Stå helt stilla".

Männen hade slutat lyssna. De förstod att något var fel. Jakob nickade åt dem att bege sig framåt, att ignorera Gunnars höjda vapen.

"Han kommer inte att skjuta, det lovar jag...".

Männen höll med, de hade läget under kontroll ändå. Vapnet betydde inget längre. Karl öppnade till

235

ladan och båda gled in utan att stänga dörren, som nu stod på glänt. Sedan blev det tyst.

Jakob höjde handen och stannade sina vänner. De lyssnade, men inget hördes. Med en gest skickade han dem vidare mot ladan, men det tog inte många sekunder innan tystnaden fylldes av ett enormt motorvrål. Någon rivstartade något inuti ladan sekunden senare körde Karl och Gunnar ut ur ladan med en rejäl smäll, och bakom bilen hände en lång kedja.

Jakob tänkte instinktivt att kedjan var där för att slå under fötterna på dem, men när bilen aldrig gjorde något försök att sladda insåg han att kedjan inte bara satt fast i bilen, den satt fast i dörren ner till jordkällaren också.

"Vad i helvete!" hann han tänka innan kedjan ryckte loss dörren till jordkällaren och släppte ut familjen Kvarngård; mamma, pappa och två barn.

"Bon appétit!" vrålade både Karl och Gunnar och gasade sig sedan igenom staketet och ut på den flyktväg som Gunnar och Karl hade anlagt nästan ett år innan.

Vad som hade varit felet med familjen Kvarngård kunde ingen svara på. De hade kommit till gården, men varit sjuka. Inte arga eller galna. Till en början i alla fall. En morgon blev en nyvaken Gunnar jagad över gårdsplanen av Kvarngårdarna, med tungorna söndertuggade och blodet rinnande ner för sina kroppar. I ett försök att få läget under kontroll rusade Gunnar mot jordkällaren, kastade sig in; ställde sig bakom dörren och lät familjen snubbla ner i hålet som numera föreställde golvet och lyckades sig sedan ta sig ut och vrida om nyckeln. Det säkraste visade sig vara att hålla familjen där, och varken Karl eller Gunnar hade hjärta nog att sätta en kula i barnen och föräldrarnas huvuden. De var ändå en familj, om än udda sådan. Och ingen kunde bestämma huruvida de skulle skiljas från varandra eller inte. Kanske en korkad idé just då, men på det sättet blev det.

Ett halvår senare hade de fått sällskap av en bonde. Kanske ägaren till gården. Han hade letat sig dit, men fått en spade i huvudet och tuppat av innan han ens nått staketet. Med en grep hade Karl motat bort familjen från dörren, av någon anledning kände de sjuka fortfarande smärta, och sedan hade de rullat in bonden, som tack och lov inte var speciellt storväxt, i mörkret.

Karl brukade mata dem med döda djur som hade råkat ut för staketet och ibland lite överbliven mat som hade blivit gammal. Stanken från jordkällaren var givetvis fruktansvärd, men mörkret där inne verkade hålla dem lugna. Som fåglar i bur.

Nu var de ute i friheten igen.

Pappan, knivbeväpnad och arg, skrek och blottade sina ruttnande, bruna tänder, han började springa mot Jakob som kastade sig bakom ryggen på en av sina medföljare, som i sin tur började flaxa med armarna som en marionettdocka för att undvika pappan aggressiva utfall. Båda barnen hade gripit tag i en annan mans ben och släpades efter honom när han försökte dra sig mot bilarna. Mamman hade en yxa, något som Gunnar kastat in till familjen innan han gjorde i ordning bilen, bara för att. Nu för tiden handlade det om att överleva till varje precis, varför inte underlätta lite för galningarna?

Elektriciteten hade lagt av när Gunnar kört igenom staketet, vilket de hade räknat med. Hur många som skulle klara sig mot bilarna var en annan fråga, men huvudsaken var att Jakob inte skulle göra det. Han var för feg för ta för sig av livet och äventyret och försökte troligen gömma sig. Det var vad Karl trodde i alla fall när de susade fram över den knöliga skogsvägen i hundratio kilometer i timmen. Bilen höll bra, båda var nöjda med bygget. I bakluckan och baksätet fanns förnödenheter för några månader och båda såg fram emot att göra inbrott någonstans och hitta en bilstereo.

Det var nästan som om Karl inbillade sig att han kunde höra skriken från Jakob, indränkt av blod, som försökte klättra upp på hustaket. Som en igel var bonden på honom, huggande med en slipad brevkniv, det enda vapnet som blev över när Gunnar länsat gården tidigare. Jakob hade redan förlorat mycket blod, och det tillsammans med själva chocken av knivhuggen gjorde att han blev allt mer svag. Det var som om benen, fötterna, började domna av. Han ville gärna bara ge upp. Bara släppa taget om takets kant och ge sig själv till monstret som var efter honom.

Skönt. Det skulle vara skönt. Sedan gav han efter.

Gunnar såg lycklig ut. Karl hade inte sett honom vara lycklig på en lång tid. Deras tillvaro var slagen i stycken, genom en apokalyps. Men det är på det sättet apokalypsen fungerar; den ska riva upp, den ska förändra och förnya genom kaos.

Han var bra snygg där bakom ratten, Gunnar. Vacker profil, tänderna blottade i upphetsning och glädje, kanske någon form av aggressivitet. Hans ögon siktade mot vägen och framtiden.

Körde det ihop sig fanns det alltid en lösning.

Bergvägg med en rejäl smäll. Försvinna i en explosion.

Låta resterna blåsa iväg utblandat med svart rök.

Huvudsaken de fick vara med varandra.

Karl höll Gunnar i handen. För första gången kände båda sig levande.

Zebra & Xander.

Han slöt ögonen och fantiserade om att ökenvägen framför sig var skidspår. Att sanden var snö och att solen där uppe värmde i kylan. Det gjorde den inte nu. Den hettade värre än vad den någonsin gjort. Maskinens dunkande och spottande motor bildade en enformig melodi som han hört tusen gånger innan. Det var länge sedan CD-spelaren fungerade och det var inte lönt att hitta någon gammal kassettspelare. Bandremsorna klarade inte ettan och lade sig som en plastig hinna på insidan av mekaniken. Han hade gett upp efter tre spelare. Förstod att det aldrig skulle fungera igen.

Motorn skapade inte någon dålig melodi. Han kunde sjunga sina egna texter till rytmen och ibland rosslade maskinen till som ett förvirrat trumsolo, som ett abstrakt inslag i en annars repetitiv slinga. På höger sida reste sig bergen, men alla undvek dem. De erbjöd skugga och i bästa fall även något mindre vattendrag som inte var alltför förgiftat. Men aporna hade tagit över bergen. De var inte apor, de bara kallades apor för att de sedan länge övergett det mänskliga språket och kommunicerade med höga vrål och trummande på pinnar och stenar. Han gillade inte deras skrik. Dom skar i öronen och bådar aldrig gott. Tack och lov vågade de sig inte ut på vägarna, ut i det öppna. Där satt de, som två skilda folkslag, dömda att aldrig kunna leva tillsammans.

Han färdades i en öppen pick-up, men bakdelen hade han klätt i tyg och en enkel metallställning som tak. Det skyddade från solen, men tyvärr inte från sanden som penetrerade varenda por, något han försökte förhindra med hjälp av munskydd och ett par stora solglasögon, men det letade sig in ändå. Nu var det två månader sedan han tvättade sig och naglarna var lika svarta som himlen där uppe. Ingen kände någon lukt längre och kropparna hade nog bara reagerat negativt på tvål och skrubbning. De lät det bara vara. Det fanns viktigare saker än att bada.

Större delen av bilen togs upp av bensin, i små och stora dunkar. Plast och metall. Det luktade och var troligen livsfarligt i värmen, men det fanns inget annat att göra. Det skulle räcka till andra änden i alla fall, till havet. Ryktet sade att det fanns båtar där. Till och med fungerande hamnstäder, med människor, jobb, mat och vänskap. Det sista tvivlade han mest på. Det var mest en naiv önskan från de budbärare han träffat på under färden, som reste och tjänade pengar på människors hopp om en bättre värld. I brist på film och musik var dessa resande små teatersällskap ett bra sätt att få tiden att gå. Alla behövde drömma, även om de innerst inne visste att det inte hjälpte något. Det fanns troligen ingen vänskap vid horisonten. Bara mer girighet och våld.

Tillsammans med bensinen satt hans man sedan snart tio år. Nej, han satt inte längre. Han halvlåg och var tärd av cancer och annat som ingen av dem ens kunde föreställa sig. Men de höll ihop i alla fall, det minsta man kunde göra i tider som dessa. Med sig hade de en ung kvinna som inte hade sagt ett ord sedan de plockade upp henne några dagar tidigare. Hon tackade för det vatten de kunde dela med sig av och hjälpte till att hitta föda, vilket för det mesta var döda djur och annat som gick att grilla tills att det mesta av gifterna

243

var borta. Han visste inte hennes ålder, men gissade på femton år. Kanske sexton. Men inte äldre. Hon var vacker och hennes intensiva ögon höll hela tiden koll på vägen och de få mötande trafikanter de mötte. Hon verkade lättad över att det var ett bögpar som plockade upp henne, då hon inte behövde betala med sin kropp för att kunna få tillfälligt skydd på sin egen resa. Han hade inte brytt sig om att fråga vart hon skulle, men lät henne åka med tills hon bestämde sig för att välja en annan väg.

Det var skönt med sällskap och X var lugnare. X var det namnet som hans make hade gett sig själv efter att hans familj fallit offer för aporna. Ett X som för att visa att något var överstruket, borta, raderat. Det kunde även visa vägen till en skatt. Han föredrog den tolkningen.

Han använde aldrig sitt eget namn och X lät bli det också. Vad betydde namn nu egentligen? Det var bara ett lättare sätt att bli identifierad av dem där som ansåg sig vara styrande, som ansåg sig vara regeringen. Naturligtvis var de självutnämnda. Det fanns ingen som kunde rösta, eller organisera något liknande. Då passade någon på att ta makten, även om makten var lika flyktig som nattfukten. Genom att inte använda sig av namn fanns det ingen att registrera, och eftersom det inte fanns några regler och lagar fanns det inte heller något krav på namn. Han gillade det.

Det fanns ingen som riktigt förstod hur världen blev som den blev och de flesta orkade inte bry sig längre. Vissa legender berättar om stora rökmoln, vissa om en stor flod och enligt vissa var det bara "helvetet" som hade kommit till världen de levde i. Han brydde sig inte, men försökte i alla fall hålla kvar minnet av sina föräldrar. Det var något som hade blivit svagare genom åren, men närmast sitt hjärta hade han en medaljong med en blekt färgbild av människorna som skulle ha varit hans mor och far. Han visste inte säkert om det stämde, men han hade valt den sanningen medvetet. Dagen han skulle stöta på någon annan med samma bild skulle säkert komma, men han skulle låtsas som ingenting och gå vidare. Om hans förflutna var en bluff skulle det ändå inte påverka honom. Han hoppades det i alla fall.

Innan X cancer spred sig hade båda arbetat som skådespelare. Samma pick-up hade fungerat som en scen och de hade förmedlat fantastiska visioner av dåtid, nutid och framtid. Båda hade varit berättare och vävt samman sina historier och röster till en komplett illusion av sanning. Under en tid var de till och med ganska kända och i vissa små samhällen fanns deras porträtt målade på husväggar och klippor. De kunde få bra boende och färskt vatten, metaller och annat som kunde köpa dem fram genom landet. Men när X blev sjuk orkade inte han heller och de hade lagt av. Under den första tiden hade människorna tagit sig an dem på grund av meriterna, men snart hade det kommit andra och tagit över och deras berömmelse falnade som de lät sin eld göra på morgonkvisten. Nu hade de båda hade tagits av sina egna visioner och fantasier och begett sig av på en sista resa för att se om det var sant, eller om de hade levt hela livet på en lögn.

"Lögner kan vara bra ibland, om det är lögner som får oss att må bra" hade X sagt en gång när de diskuterat det moraliska i sitt yrke och därmed var den diskussionen avslutad. De valde att leva på det de berättade, fastän dem inte visste om det fanns någon sanning i den. Hade de fortfarande arbetat hade de nog velat inkludera den unga kvinnan i deras spel. Det hade blivit säljande och kanske till och med nyskapande. X hade en idé om att kvinnan kunde ha fått spela moder jord, fortfarande ung, men härjad. Precis som kvinnan själv.

Han tittade bakom sig och såg hur X stuckit upp huvudet ovanför taket och försökte se något i dammet. Kvinnan hängde ut på sidan och bankade på bilen med armen och gestikulerade framåt. Det var något där framme, det glimrade av metall och stora tyg fladdrade i vinden. han trodde först det var en lastbil som hade kört av vägen, men desto närmre de kom desto tydligare såg han att det var en scen, en teaterscen.

Mitt ute i öknen.

X föll omkull av inbromsningen, men kände ingen smärta på grund av de löv som han tuggade på hela tiden. De stillade smärtan och fick honom i ett skönt behagligt rus av hallucinationer och visioner. Men detta var ingen synvilla och han hävde sig klumpigt ut från lastbilen och höjde kikaren.

247

"Kom ut!". X verkade nästan upprörd, som om detta ökenspektakel hade förstört hans meditation. X fortsatte att studera platsen med sin kikare och gav den till kvinnan som också tog sig en titt. Hon såg skeptisk ut, men sade inget. Som vanligt. Han stängde av motorn och gled ut i solen. Trots hans ålder, runt femtio år, var han vältränad och i bra skick. Landet hade gjort det med honom och det hade hjälpt när han behövt försvara sig. Rocken lade sig om ett ormskinn runt om honom när vinden tog tag i kläderna och föste honom fram till sin man. Han tog kikaren. Det var en scen, en stor teaterscen. Stor i jämförelse med deras bil i alla fall. Den hade ett golv, upphöjd cirka en och halv meter ovanför marken och en fond målad som en skog med fantasifulla växter och märklig stenar i alla färger. Det verkade stå en vagn med väggar och tak bakom scenen, ett eget bygge uppenbarligen.

Framför scenen satt en man, svartklädd och med fjädrar i håret.

Om det var han som hade byggt scenen hade han byggt den rakt över vägen och det skulle bli mycket besvärligt att ta sig förbi. Chansen att sanden skulle fånga bilen var för stor.

"Z?". Det var sällan som X använde det namnet på honom, men anade han oråd och ville visa det utan att vara allt för tydligt använde han sig av det. Från början hade det varit en humoristisk referens till hans eget namn, men hade snart blivit en del av deras logotyp som ambulerande teatersällskap: "Z&X". Han hade en känsla av att hela den här eftermiddagen skulle går i Zs tecken och ruskade av sig den oro som han själv kände av. Kvinnan tittade på honom och lade huvudet på sned. Hennes stora ögon var förtrollande ibland, och nu när kvällssolen lade sig som ädelstenar i hennes ögon förstod han att hon var barnet de aldrig fick. Men han sade inget. Det var den där stora lögnen. Det kunde driva honom framåt ett bra tag till.

Fjädermannen rörde inte på sig. Han satt där med korsade ben och stirrade på den tomma scenen. Han var brunbränd av solen och kläderna var slitna, men lappade gång på gång. De fast på ökenvägen och det fanns inget annat att göra än att närma sig det strandsatta ekipaget. Z hoppade in i bilen igen och inväntade de andra. X satte sig i framsätet med honom medan kvinnan satte sig på taket och lade fötterna och benen ner över vindrutan. Hon slog fötterna i lugn takt mot rutan, försiktigt. Glaset var sprucket och skulle kunna kollapsa. Hon började vissla. Det var en melodi som säkert hade varit glömd i många hundra år, men det verkade som om det var den musik som varit fortfarande fanns i människorna undermedvetna. Z försökte lägga melodin på minnet när han stoppade i sig några av X lugnande, närmast sövande löv. Alla använde löven nu för tiden. I brist på andra droger var det närmast ett mirakel att dessa fanns överallt, vilket gjorde de närmast värdelösa rent ekonomiskt. Men främst av allt hjälpte det mot smärtor och ångest. Den unga kvinnan avböjde alltid. Han hade en föraning om att hon vill behålla sitt inre intakt, som om varje sekund av elände var värt att spara och analysera.

Fjädermannen satt fortfarande orörlig när de klev ur bilen och gick närmare. Det fanns en svag antydan till att han såg dem, men kroppen visade ingenting.

"Hej. Allt väl?". Z försökte sig på någon form av blygsam kommunikation. Fjädermannen vände på huvudet och avslöjade en mun full av löv, till den grad att de vällde ur munnen när han mumlade något ohörbart som hälsning. Sedan vände han på huvudet och tittade på scenen igen. Kvinnan hade försvunnit in bakom fonden, men kom fram igen och skakade på huvudet. Vagnen där bakom var tom sånär på en madrass och några filtar och ingen bil fanns i närheten.

"Tror du han har blivit dumpad här?". X satte sig ner bredvid fjädermannen och studerade det tomma ansiktet. Z svarade inte, men satte sig ner också och tittade honom i ögonen. Han försökte se något där inne, men ögonen befann sig någon annanstans, som om de fokuserade på något som inte fanns där eller som de inte kunde se själva. Sedan öppnade fjädermannen munnen.

"Zebra och Xander, det finns fler bland er. Sätt er ner, dölj era ögon och låt Y spela för er".

Fjädermannen nickade åt kvinnan. Han sträckte fram en påse med ihoprullade löv, men ingen tog något. Kvinnan backade oroligt undan och satte sig på scenkanten. Fjädermannen lämnade sitt meditativa stadium och tittade på henne.

"Mörka skålar av hav". Han höll ut sin hand mot henne och en myra klättrade omkring bland fingrarna och stannade till slut på hans handflata. Han höjde sedan den andra handen och smekte kvinnans kind, trots att hon satt två meter ifrån honom. X reagerade inte över detta, inte heller Z. De var förtrollade av fjädermannen. Han fortsatte att röra vid hennes hår, smekte hennes ögonlock och kupade sin hand under hennes haka. Fjädermannen tog ett djupt andetag och blåste en varm dimma med sand över hennes ansikte och för ett ögonblick var det som guldspån färgat hennes ansikte.

Z hade aldrig sett något liknande. Fonden på scenen var borta och istället uppenbarade sig ett djupt landskap med träd och växter, en prunkande dal och bortom den en gyllene ocean. Han kunde skymta båtar och människor, och de mest märkliga djur sprang omkring. Högt över alla svävade kvinnan med de stora mörka ögonen och med håret svallande ner över knäskålarna. Hennes spröda armar var kortare och mindre, och benen svallade som sjögräs i havet. Det fanns bara en antydan till näsa och munnen var liten

252

och putade. Hon var allt med ett, ett med allt och fanns där istället för solen. Det var hennes ögon som spred värmen och lyste upp dagen och det var hennes hår som skapade natten när det täckte ansiktet. Benen var ursprunget till växtriket och ur varje arm hade människor skapats, varje finger var en själ och varje nagel var ett sinne. Fast miljarder gånger om vartannat. Hennes namn var Yrsa.

Bredvid honom satt X och hade helt förändrats. Den cancerbleka hyn hade försvunnit och håret var kraftigt och svart. Han log mot honom och Z tittade ner på sina egna händer, som nu var köttigare och helt fria från smuts. De satt i en cirkel av flaggor och fjädermannen svävade mellan två av dessa, med händerna framför sig formade som en skål. Han hade hennes ögon. De mörka haven till ögon, förtrollande och berusande. Det var inte på grund av löven, detta var något mycket mer. Något kraftigare, vackrare och starkare. Det var en injektion av liv, som att bli dränkt i universums all energi.

Z slöt sina ögon och för ett par sekunder förstärkte det intrycket av allvetande, och sedan tittade han upp igen. X satt bredvid honom, fortfarande med frisk hud och det där magnifika svarta håret. Kvinnan var borta och framför dem satt fjädermannen med en kniv i handen och blodet sprutande ur strupen som en fontän. Han hade offrat sig, han hade gett sin kunskap till dem! Fjädermannen föll ihop och såg fridfull ut där på marken i den allt mer växande pölen av blod.

X och Z ställde sig upp. Scenen var nedmonterad och fastkrokad med bilen. Ovanför dem i skyn kunde de ana Yrsa, kvinnan med de mörka ögonen, som smälte samma med molnen och solen. Hon höjde handen och formade den som en skål och lät regnet falla ner över dem. De omfamnade varandra, kysstes igen, något de inte hade gjort på länge höll om varandra hårt. Runt om i en cirkel, på femton-tjugo meters avstånd satt aporna, dessa förvildade människor och tittade på missionärerna. De visste inte vad som pågick, men de förstod att något hade skett och att jorden aldrig skulle bli sig lik igen. Innan de vände om och rusade upp bland bergen kunde de se hur regnet spred sig över öknen, på väg mot bergen, på väg bort mot horisonten. För vissa av de yngre i stammarna var regnet helt nytt, något de aldrig sett förut. De skrek först av skräck i sina hålor, men en stund senare dansade de omkring i vätan och vrålade av glädje.

Zebra och Xander, som de nu kallade sig, hade öppnat sin teater igen.

För evigt.

Chubs and Chasers.

Det här var första gången sedan uppbrottet som Nicklas inte var nervös längre. Självförtroendet var på topp. Han skämdes inte över sin tjocka, otympliga kropp. Chasers. Killar som faktiskt gillade tjockisar som honom! Vad skulle livet vara utan dem? När han stod där och tog en extra genomsköljning av ansiktet, noga rengjorde varenda por med tvål och vatten, funderade han på vad det egentligen betyder att vara eftertraktad för sin kropp. Handlade det inte om samma ytlighet som inom alla andra grupperingar av människor? Bara annorlunda skönhetsideal, men ändå samma form av dumhet. Han var ju för fan tjock! Han skrattade för sig själv och kände hur lyckoruset genomsyrade honom.

Nicklas tittade på sitt ansikte, som skymtade fram i badrummets tandkrämsfläckiga spegel. Det var runt med några svärmar fräknar på kinderna. Ögonbrynen var borstiga och tydligt markerade. Näsan var rund och med drag av en jordgubbe. Hårväxten på hakan var något bättre än den på kinderna, men långt ifrån det där sexiga helskägget han ville ha. Han kunde inte förstå hur någon kunde tycka han var vacker. Han, sexig? Snygg? Nicklas ruskade på huvudet och rättade till kavaj och skjorta. Sniffade i luften och kände om det fanns någon svettlukt under armarna. Det luktade nytvättat och fräscht.

Ångesten efter uppbrottet med Johannes hade stundtals växt sig allt starkare, all den där skiten som kommit upp till ytan. Men han hade varit tvungen, han kunde bara inte stå ut med honom. Överlägsenheten, skrytet, egocentreringen. Det kvittade liksom att Johannes tyckte hans kropp var det snyggaste som gick på denna jord. Ett svin är ett svin.

Han hade varit singel i tre månader nu. Att börja flörta runt hade tagit sin lilla tid, men sakta hade han börjat försöka sig på den ädla förföringskonsten igen och självförtroendet hade vuxit till sig en aning. Han hängde ofta på SideTrack, en trevlig bar på Söder i Stockholm. Det var mest glada människor och en del killar som faktiskt gillade större killar.

Han torkade ansiktet noga med en pappershandduk och tittade sig själv djupt i ögonen. Blinkade. Jepp, det var han själv som stod där. Inte någon romanfigur. Ingen filmstjärna. Ingen påhittad dataspelskaraktär. Det var han som upplevde den här kvällen och den skulle han minnas för evigt.

Det hade börjat med en annons på en björnsida, en plats där större, ibland håriga, män kunde hitta likasinnade. Det fanns massor av smala killar också. Det var hett att vara tjock! Det skulle bli fest med bussfärd till hemlig plats och "överraskningar i massor". Det fanns en mailadress att anmäla sig till och otroligt nog var det gratis, något som en anonym sponsor hade fixat. Nicklas hade tänkt över det i ungefär tio sekunder och sedan hade han skickat namn, adress och telefonnumret till mailadressen och inväntat svar. Det kom några minuter senare, automatiskt givetvis. Han var mycket välkommen, hälsade en billig clipart föreställande en vinkande björn. En minibuss skulle gå från bussterminalen, eller från parkeringen rättare sagt, ovanför Stockholms central. Kändes enkelt och opretentiöst.

Johannes hade skickat ett sms. Nicklas kände hur det vibrerade i bröstfickan och ville egentligen inte läsa det. Kunde inte låta bli. Det var ingen överraskning direkt. "Ring mig" stod det bara. Inget namn då han hade tagit bort kontakten från sin adressbok, men han kände igen Johannes nummer. Vanligtvis var det något som skulle ge honom dåligt samvete. Inte nu. Han raderade meddelandet på en gång och stängde av mobilen. Inget skulle få störa honom.

Minibussen var fylld av killar. Alla mellan trettio och fyrtio år. Förvånansvärt snygga ändå, charmiga och roliga. En brunhårig grabb, trettioett år och med namnet Thomas hade omgående börjat stöta på honom. Thomas hade en snygg, välansad goatee och tjocka trendiga glasögonbågar ramade in hans ansikte fint. Men han var också kulturarbetare, vilket han självironiskt kopplade till sitt intellektuella utseende. Målade och skrev professionellt, hävdade han i alla fall. Fanns väl ingen anledning att ljuga om något sådant, eller? Nicklas bestämde sig för att inte låtsas om sin egen misstänksamhet, han måste börja lita på folk. Speciellt killar som uppenbarligen är intresserade av honom.

Bussen kördes av en av arrangörerna. En lätt kraftig, men inte direkt tjock man vid namn Kjell. Han hade det där typiskt trimmade björnskägget (Nicklas brukade referera det som ett "amerikanskt" skägg) och en svart, tajt t-shirt. Bredvid honom i framsätet låg en välvårdad läderjacka och ett par solglasögon- Kjell var snygg för sin ålder och väldigt rolig, han var en sådan där person som såg till att alla runt omkring existerade och fick uppmärksamhet. En perfekt värd.

Nittio minuter senare och Nicklas hade för länge sedan tappat lokalsinnet. Han hade bara ögon för Thomas, som visade samma intresse för honom genom att prata och lyssna intensivt. Det fanns något där, något mellan dem; något starkt och viktigt.

De andra höll sig på avstånd, av ren artighet, eftersom de förstod att något var på gång. Ingen var direkt tjock. Det var bara Nicklas som var kraftigt, och han började fundera på om han skulle slippa konkurrenter på den här festen? Det hade trots allt annonserats som en tillställning för "Chubs AND chasers".

Väl framme vid den avlägset belägna bygdegården stod två minibussar till och han insåg att han inte var ensam tjockis i gänget. Han kunde se två kraftiga killar till, som stod och pratade med varandra på gårdsplanen. Båda var praktexemplar för en chaser. Skulle Thomas falla för någon av dem? Skulle illusionen reda rämna? Inombords svor Nicklas åt sin egen naivitet.

"Vad tänker du på?" Thomas log mot honom och lade sin arm runt hans hals. Han hade kommit bakifrån, helt otippat, och försökte se Nicklas i ögonen, hängande över axeln som en vild primat! Nicklas svarade inte. Han blev bara mer generad och mumlade något ohörbart. Ohörbart även för honom. Bara ljud.

"Jag tänkte på dig".

Det var ingen lögn direkt.

Thomas flinade, strök honom över kinden och började gå iväg.

"Jag måste hjälpa till i köket. Vi syns om en liten stund".

Det hade inte varit på det är viset för två år sedan då han träffade Johannes för första gången. Den starka och modige Johannes. Johannes med kontakterna. Johannes som skulle lyckas med allt. Nicklas förstod efter en tid att det aldrig skulle hända, det hade bara varit snack. Nicklas plats deras relation var enbart som ett stöd; någon att få bekräftelse från. Nicklas i sin tur fick inget stöd alls, och nästan ingen kärlek, förutom det obligatoriska, nästan mekaniska, sexet någon gång i veckan. Nicklas skakade på huvudet och vaknade upp ur sin dvala. Han var fortfarande kvar i badrumsspegeln.

Det var ett väldigt liv utanför. I matsalen skrålades det, dålig schlagermusik strömmade ur högtalarna och skratten ekade mellan husets väggar och tak. Han kunde höra rökarna stå utanför och skvallra med varandra. En typisk fest alltså, men helvete vad roligt han hade det.

Nu skulle han dansa livet ur Thomas. Kanske få prata i fred med honom. Alkoholen skulle inte få sköta snacket, Nicklas skulle säga sanningen: att han ville träffas igen. Att han ville kyssas. Ta på, känna och smeka, kramas, knulla. Träffas många gånger till. Han sträckte på sig. Försökte dra in magen, men buken hängde lite för mycket över bältet för att det skulle se bra ut. Skitsamma.

"Thomas gillar mig för den han är" tänkte han och försökte smila upp sitt lite.

Han gav sig själv en slängkyss i spegeln och lät självförtroende skölja över honom. Thomas väntade på honom. Han hade en nyöppnad ciderflaska och ett grillspett.

"Här får du snygging". Han sträckte fram spettet mot Nicklas för att bjuda på ett bit, som villigt tog emot. Slet, bet och malde köttet. Svalde. Han var törstig.

"Drick". Thomas räckte honom Xidern och för ett ögonblick var deras själar sammanfogade. Inte av berusning. Det fanns en nära kontakt där. Något som ingen av dem upplevt på länge.

"Drick". Thomas viskade fram det och lät Nicklas svepa halva cidern på en gång.

"Jag är glad att jag träffade dig". Thomas läppar rörde sig inte. De hade inte gjort det sedan Nicklas kom ut från herrarnas, bara i hans tankar. Allt kändes som en dekadentromersk orgie i svensk bygdegårdsmiljö, lagom porrigt och lagom svenskt. Det kändes som om Thomas förstod, vad det nu var han förstod, och lät Nicklas fortsätta dricka ur flaskan. Den smakade bitter, och hade en konstig sötma. Men efter ett tag betydde smaken ingenting, han var ute efter berusningen.

Nicklas var kär. Han förstod det nu, och lät sig tillslut falla i Thomas armar.

Det dröjde nästan två timmar innan Nicklas vaknade upp igen. Runt omkring sig kunde han långsamt urskilja svaga sken av hundratals stearinljus. Det kändes varmt av allt smält, rinnande stearin.

På vänster sida kunde han urskilja en av de andra tjocka killarna, sittande på vad som verkade vara en enkel köksstol. Han verkade vara helt borta. På andra sidan satt den andre killen, i alla fall i några sekunder, sedan ramlade han av stolen och fick hjälp upp av en svart skugga; en suddig skepnad som påminde starkt om Kjell i sin glänsande, välvårdade läderjacka.

"Va fan...". Nicklas sluddrade och han kände hur saliven läckte från mungiporna. Han sög in det igen och förde upp händerna mot huvudet för att massera

den våldsamma huvudvärken som gjorde sig påmind.
Hade han ramlat och slagit sig? Men då hade nog
Thomas sett till att han fått ligga ner, eller? Det var tyst
i rummet, i det som var den stora salen där matborden
tidigare stått uppdukade. Nu var all matglädje och
tomflaskor och glas borta och istället stod en grupp
människor och tittade på honom. Han kunde urskilja
Thomas kalufs någonstans där i mörkret.

Nicklas försökte resa sig upp, men orkade inte.
Benen bar inte. Han lät sig sjunka ner på stolen igen
och lät hakan vila mot bröstet.

"Ni kanske undrar vad som har hänt?"

Kjells glada röst klingade välbekant genom rummet,
eller den snarare dundrade; stereotypt manlig och med
en lekfull ton. Det var inte bara Nicklas som hade
vaknat till liv, de två andra killarna tittade sig omkring
med grumliga ögon, men lämnade inte sina stolar. Han
satt också kvar, någonstans med tanken att det kanske
skulle förstöra den fåniga leken som pågick.

"Som de perfekta exemplar av tjockisar ni är, har ni
fått äran att vara med i vårt spel. Ni tre kommer att få
lämna rummet, gå ut genom dörren och ta er hem. Vi

säger inte vart ni är någonstans, och ni har etthundraåttio minuter på er att ta er till säkerhet.

"Vad..." Det lät vansinnigt. Absurt. Vad menade han med i säkerhet?

Nicklas orkade inte säga mer, tankarna tog över och han mådde bara illa av tanken på att öppna munnen. Som om spyorna skulle välla ut okontrollerat.

"Vad är meningen, undrar du?" Kjell lät vänlig på något sätt. Nicklas kände sig lugn. Allt verkade okej.

"Mening är att ni ska invigas i en lek. En lek som innebär liv och död, men om ni vinner kommer ni belönas stort! Vi är tio personer här inne som genom ett lotteri har fått äran att jaga er. Vi har vapen, knivar och armborst, och vårt mål är att döda".

Kjells röst lät fortfarande lika vänlig, vilket bara gjorde Nicklas ännu räddare.

"Att döda?" Nicklas repeterade orden inom sig.

"Vadå? Vad menar ni?"

Huvudvärken växte till en ångesttumör.

"Nicklas, var lugn. Om du sköter dig kommer du att överleva. Du måste bara vara stark och bevisa vilken perfekt människa du är. Den som klarar sig får äran att välja vilken av oss som helst att ta som sin make. Vi kommer alltid att vara den personen trogen."

Någon skrattade hånfullt. Det var en av de olyckliga killarna bredvid honom.

"Detta är sjukt", sade han sedan och reste sig hastigt upp. Det tog någon sekund, sedan låg han på golvet och vred sig av smärta, med händerna tryckta mot bröstkorgen. Det var knappt att Nicklas uppfattat den dova smällen.

"Gummikulor gör ont. Ta det lugnt och gör vad ni ska göra så kommer det aldrig att ske igen".

Hela situationen var vansinnig. Nicklas visste inte om det var ett sjukt skämt eller allvar och Kjells trevliga, käcka samt nästan teatrala språk gjorde honom bara extra irriterade. Han försökte desperat titta efter Thomas, men kalufsprofilen var borta. Istället kunde han se hur männen, jägarna, alla höll vapen i sina händer; knivar som blänkte i mörkret.

"Ni får tio minuters försprång. Lycka till!"

Hela gruppen upprepade lyckönskningen. Det kändes som om de gjorde detta tidigare, flera gånger tidigare. Alldeles för många gånger tidigare.

Nicklas kände sig förbannad. Rasande. Detta var det dummaste han varit med om.

Vilka jävla dumheter!

Som om livet helt plötsligt hade vänt sig om och spottat honom i ansiktet. Var det någon form av bisarrt sexuellt rollspel? Då var det något som han verkligen hade missat i annonsen. Han tänkte inte gå med på det. Huvudvärken och illamåendet hade försvunnit som ett trollslag och han reste sig upp. Han behövde vara ensam.

"Jävla idioter" viskade han högt för sig själv och började gå mot badrummet. Det var fortfarande mörkt i lokalen och han gick mot lampan som han hade för sig kom från hallen.

Någon viskade något, och han vände sig om. De andra två killarna hade tveksamt rest på sig och tittade på honom. Skulle de följa efter? De hade inget att hämta av honom på toaletten i alla fall. Han skrattade, otroligt nog.

Allt var bara vansinnigt sjukt.

Han kom några meter innan en knytnäve slog sönder överläppen på honom.

"Kuken!'". Det började blöda kraftigt och han drog ena ärmen över handen och försökte få den att suga upp blodet samtidigt som han stapplade bakåt och försökte återfå balansen.

"Så ja, så ja..." Kjells lugnande röst hördes någonstans från rummet.

"Han är vacker. Inte få honom att bli ful nu." Nicklas skrattade högt och det han hörde och tvärvände, samt började tränga sig igenom folksamlingen mot det som han trodde var ytterdörren. Bakom honom hörde han någon av de andra tjocka killarna flämta högt.

Han skulle ut! Han orkade inte med den här skiten! Jävla skit!

Det var trångt och folk ställde sig tätt intill honom, som för att stoppa honom. Detta var verkligen inte roligt längre. Någon skulle få betala, någon skulle verkligen få betala...

Men männen lät honom inte komma förbi. Som en flipperkula fördes han mellan dem, långsamt och varsamt, nästan vänligt. Alla var rädda om honom. Eller kanske de var de rädda för att få blod på sig?

Händer förde honom mot en annan dörr, och han lät sig ledas dithåt. Huvudsaken han kom ut från det här skitstället. Bakom honom anade han en av de andra killarna, en snubbe med smala glasögon och rakad skalle.

Dörren öppnades och den kalla nattluften slog emot honom. Han fick gåshud och önskade att han hade tagit med sig jackan. Hade han verkligen tänkt att han skulle ha hånglat upp Thomas i det här kalla vädret? Han suckade och började gå mot den mörka granskogen. De befann sig på baksidan av huset, och vägen syntes inte till. Ögonen var fortfarande täckta av stearinljusens flackande reflektioner och han försökte för någon sekund vifta bort dem, tills han insåg att det bara var ögonen som spelade honom ett spratt. Allt kändes som en dröm.

"Stanna".

Nicklas förstod inte varför han lydde, men Kjells röst var som vanligt vänlig och fridfull. Hans nyfunna olycksaliga vänner stannade också, och alla vände sig om som tre väldressade cirkushundar.

"Tio minuter försprång. För dig som överlever väntar lyckan. För er två som inte går vidare, finner vi ett annat användningsområde för".

Nicklas tittade på sina vänner. Glasögonkillen såg skeptisk ut. Han orkade bara inte säga något. Det var ett stort skämt. Ett dåligt skämt som förr eller senare skulle ta slut. En sjuk tipspromenad kanske? En överraskning i skogen. Ännu en fest kanske. Med fler chasers. Eller något. Nicklas visste inte, men han skulle ta sig därifrån ganska fort. Lifta hem. Ta en buss. Vad fan som helst! Långt bort från dessa människor. Han måste ringa Thomas på måndag. Ställa honom mot väggen. Han kunde inte tänka sig att Thomas skulle kunna vara involverad i något korkat som detta!

De började gå, med Nicklas i ledningen. Inom någon minut hittade de en smal stig mellan träden, men snart övergav de den för att springa genom skogen, hukande utan att slå huvudet i grenar och ansiktet i trädstammar. Han tänkte inte längre, han gick på instinkt. Det var dags att ta sig härifrån.

Tio minuter skulle gå fort. Speciellt när man har roligt. Han skrattade åt sin egen svarta humor. De andra kollade på honom som om han var dum i huvudet. Kanske han var dum i huvudet? Kände han sig överhuvudtaget rädd längre?

Pulsen ökade när han tittade på den blodiga armbandsklockan, nedstänkt sedan slaget mot läppen. Det hade gått åtta minuter nu och alla tre hängde fortfarande med varandra. Inget sade något, förutom Nicklas som lät ett och annat könsord fräsas ut. Främst mot elaka grenar, onda stenar och otrevliga insekter.

Visselpipor hördes i fjärran, men de kändes ändå väldigt nära. Jakten hade börjat.

Killen med glasögon hette Jonas. Han var datatekniker, smygintellektuell och läste Truffaut-essäer på fritiden. Uppenbarligen hade han också surfat på nätet, annars hade han inte hamnat i den här knipan. Han såg egentligen ganska bra ut. Hade troligen inte varit tjock sedan barnsben, utan snarare en bekvämlighetsfetma som han hade lagt på sig de senaste åren. Han verkade inte direkt missnöjd. Han kunde äta gott, ta det lugnt och ändå vara eftertraktad av männen. Nicklas såg honom som en egoist. En utnyttjare. Han var också den första som gav upp och stannade för att snacka med förföljarna. Ett försök att stoppa leken. Den andre killen, klotrund och iklädd shorts och en rutig kortärmad skjorta, stannade också kvar.

Nicklas fortsatte. Han tänkte inte utsätta sig för någon förödmjukelse. Ville de ha ner honom på knä, fick de fan kämpa för det. Han dröjde sig kvar i närheten, i de skyddande skuggorna av några tjocka, lågt växande granar. Nicklas ville se hur mötet gick. Kanske kunde det lösa sig ändå, men han ville hålla sig på säkert avstånd. Ingen skulle kunna se honom där i mörkret.

Fem män hade kommit fram ur skuggorna och Jonas gick fram för att medla. Han försökte se viktig ut, säkert mer för Nicklas skull än de han skulle möta. Allt var en show, en cirkusföreställning á la Jonas, datateknikern. Han tog av sig glasögonen för ett ögonblick och det såg nästan ut som om han använde dem som en dirigentpinne där han vevade runt med armarna. Lite hederligt medlande för att kunna sätta stopp för eländet.

Det fungerade uppenbarligen inte.

Nicklas var för långt borta för att kunna höra något. Men han såg när pilen träffade Jonas i bröstet, som började gurgla upp blod omgående, svart och glansigt i månskenet. Den andre killen började springa klumpigt med den otympliga kroppen, tack och lov åt ett annat håll än där Nicklas satt och hukade. Ett muller från männen som följde efter hördes, overkligt starkt mellan träden.

Nicklas var tvungen att lägga sig ner mot marken och trycka händerna mot bröstet. Allt för att minska paniken och ångesten, ett tryck som inte ville gå bort. Samma tryck som efter en dust med Johannes. Men den här gången fungerade det som en avstängningsknapp för känslorna; en välmenande ångestattack, fanns det något sådant?

Han kände sig inte rädd i traditionell mening, istället fanns det något annat där. En upphetsning? Känslan av att vara mitt i en våldsam actionfilm, fast där livet stod på spel och inte minuterna som man kanske ödslade på något som inte var värt tiden.

Nicklas andades kraftigt och började krypa därifrån. Det lät som om varenda barr som knäcktes under hans

275

händer och knän skulle avslöja hans plats, och snyftningarna, dock allt svagare, gjorde det inte lättare. Snoret som han drog in i näsan ekade genom skogen, som en motorsåg i fjärran.

De skulle höra honom. Garanterat. I vad som kändes en lång stund kröp han på alla fyra och kände grenar och stenar skära in i den bara huden på handflatorna. Till slut vågade han ställa sig upp. Det var tyst och mörkt och bara hans egna täppta andningar hördes. Näsan var snorig och ögonen var våta och han hade svårt att se och andas. Det smakade salt om läpparna, och han ville inte känna smaken av sin rädsla och feghet.

Hukad fortsatte han med viss möda att springa genom den täta skogen. Det kändes i ryggen och den stora magen gjorde inte saken bättre. Kondisen var inte dålig, men det här var för mycket. Han ville inte dö. Han ville ligga nära Thomas, hålla honom hårt och känna lukten av en person han kanske hade kunnat älska och lita på. Någon som han kunde dela livet med. Men det var borta nu. Det skulle aldrig ske. Även om han kom levande härifrån.

Ett skrik hördes ett par hundra meter bakom honom. Det var den andre killen, klotet med den rutiga skjortan. De hade tagit honom. Skriket övergick i ett isande, nästan djuriskt vrål som sedan tystnade tvärt. Nu var det bara Nicklas kvar. Den som överlevde skulle få lyckan, det hade de sagt. Men han ville inte ha den lyckan. Han ville bort därifrån, långt bort. Meddela polis och få fast de här jävlarna. Fan vilka skriverier det skulle bli. Hur mycket kunde han ta för en intervju av kvällstidningarna? Som ensam överlevande från TJOCKISMASSAKERN?! Han skrattade inombords. Bra titel. Jävligt bra titel. Jonas var död. En snubbe han knappt kände. Den andre också, och ingen hade han någon koppling till. De var döda, han lever. Det var det som var det viktiga.

Det var som om en kall vind drog in över hans själ. Han gillar känslan. Nicklas var inte skyldig dem något, inte ett jävla skit.

Någonstans där framme anade han något, ett ljussken. Ett hus. Stora fönster, med fula gröna gardiner innanför. Det var bygdegården. Samma jävla bygdegård där han startade. Associationskedjan drev honom vidare mot en lösning.

Telefon. Där har vid det. Mobiltelefonen. Nej, den var borta.

Någon hade genomsökt hans fickor först, men det måste finnas telefon i huset.

Desto närmare huset han tog sig desto klarare blev skenet från källaren, det var ett starkt sken. I stora salen var det samma stearinljus som vanligt, åtminstone det han kunde ana från bakom gardinerna. Mummel och skratt hördes dovt inifrån, från människor som inte förstod något, de som hade gett sig själv en titel: Chasers. Jägare. Jägare av honom. Av den alternativa skönheten. Den knubbiga sexigheten. Men också av våld, död och makt. Varför förstöra och utnyttja det man älskar? Precis som Johannes hade gjort.

Johannes ja. Genom kränkningar och hot om våld grävde han deras gemensamma grav, men alltid med den där vackra blicken och det där underbara leendet, tårarna som kom fram när han bad om förlåtelse.

Han hade velat ha Johannes där, trots att han var ett svin. Eller kanske bara för att han var ett riktigt svin?

Sista gången han såg Johannes var för några veckor sedan. Han hade gått upp i vikt och hade plufsat på sig rejält. Som om frånvaron av kärlek hade fått honom att skita i allt. Han hade blivit en tjockis själv. Det fanns inom honom trots allt. Nicklas hade fnissat åt uppenbarelsen han hade sett där på city, nära Åhléns. Nu hade Johannes blivit det han dyrkade mest själv. Skulle han klara av det?

Nicklas tryckte ansiktet mot det smutsiga fönsterglaset, och han kunde se hur en ensam glödlampa dinglade i det flagnande källartaket. Någon stod där nere också, med en välbekant kalufs. Det var Thomas, iklädd ett slaktförkläde och bredvid något som såg ut som en industridammsugare.

En kropp hade säckat ihop i ett hörn. Det var Jonas. Glasögonen satt fortfarande på, därför var han lätt att känna igen. Han var uppsprättad och tömd. Han såg smal ut nu. Framför Thomas på ett arbetsbord av metall låg den andre killen. Naken, rentvättad. Ett snitt hade lagt över hans buk. Avsaknaden av blod förvånade Nicklas, men pilarna från armborsten måste ha tömt kroppen på det mesta. Det enda som stack ut

279

nu var kanterna av fett som låg uppvikta över sidorna på den döda kroppen.

Thomas kunde se hur den där snygge Nicklas tjuvkikade på honom från källarfönstret. Han hoppades det var stolthet han såg i Nicklas blick, stolthet över att blivit uppvaktad av en sådan bra kille som honom.

Han var nöjd med sig själv och sitt jobb. Fettet skulle uppskattas av köparna, och ännu en lyckad "fest" hade genomförts. Det pirrade i kroppen på honom när han tänkte på att denna form av Chubs and Chasers-fester fanns över hela världen. Man förenade nytta med nöje, party med galenskap och skönhet.

Dammsugaren var hans idé. Snygg var den också. Svartlackerad för att se lite mer hi-tech ut. Man kunde tömma en normal tjockis-kropp på fett på kanske femton minuter. Fettet ja. Det fanns det många användningsområden för. En del åt det. En del badade i det eftersom det ansågs ge ett längre liv. Inte nödvändigtvis lyckligare. En del... Han ville inte ens tänka på det. Barbariskt. Skamligt. Men det var inte hans problem. Thomas tittade upp. Nicklas var försvunnen. Fönstret gapade svart. Sedan kände han den där välbekanta, manliga doften bakom sig och någon som kramade om honom.

"Vad tänker du på?"

Nicklas hade tagit sig ner i källaren. Han höll om honom bakifrån, hårt. Thomas kände kärleken och energin strömma genom dem båda.

"Jag tänker på dig". Thomas vände sig om och lät sig omslutas av Nicklas mysiga, varma famn. Han tittade in i de mörkblå ögonen. Kärlek vid första ögonkastet, det finns verkligen.

"Hur känner du dig?" viskade han.

Nicklas, kunde inte hitta ord, men kände sig ännu lyckligare än tidigare. Hela kroppen började skaka, vibrera, frysa, förvandlas. Men det var en skön känsla, som om allt föll på plats.

Allt var perfekt, och det enda han kunde tänka på var att detta skulle bli en perfekt överraskning åt Johannes.

Sedan kramade han om sin kärlek och slöt ögonen.

Befallaren.

Klipporna låg utslängda i havet som en näve småsten, kala och ogästvänliga. Det var som om de skyddade Loke, den spetsiga ön där i mitten. På toppen kunde man skymta gräs och ett litet samhälle, men i övrigt var ön lika död som en av de harar som låg överkörda längst med vägen. Han log åt de sorgliga, magra djur som hade krossats under bildäck eller frusit ihjäl om natten. Det var inte deras fel. Någon gång hade någon velat jaga hare, planterat ut några och några månader senare var öarna fyllda av dem. De hade till och med tagit sig över vattnet, även om de flesta fanns koncentrerade på den största ön.

På Loke fanns det dock inga harar alls. Någon gång på sjuttiotalet hade man föreslagit att upprätta fågelreservat där ute, men när det visade sig att inga fåglar bosatte sig där lade man ner tanken på ett reservat. De enda djur som tycktes kunna bo där var människan. I tvåhundra år hade det funnits bosättningar på ön, och även om befolkningen blev allt

mindre fanns det alltid några som höll sig för sig själva.
Det var gamlingar och sjuka, sade man nere i
färjeläget, men Lars visste bättre.

Åtta på morgonen hade han anlänt med färjan till
huvudön.

"Vad är du för en då?" En uråldrig man hade lutat
sig in i hans bil där på färjan och spred en illaluktande
tobaksdoft i ansiktet på honom.

"Lars Andersson, författare."

Han nästan skämdes över titeln han hade gett sig
själv. En vit lögn som kunde bli sanning, det intalade
han sig i alla fall.

Han sträckte fram handen, motvilligt, men
gamlingen såg den inte utan tittade nyfiket på honom
och andades ut en rejäl portion dålig luft.

"Vad gör du på ett sådant här ställe då? Här finns
det väl inget att skriva om?"

Lars hade förklarat och gubben hade bara skrockat
och stapplat därifrån, stödd på en knotig träkäpp.

Han hade inte fått ur folk speciellt mycket, de flesta
tyckte det var bortkastad tid att åka till Loke och att
han skulle få svårt att hitta någon som skulle köra

honom över. Båtar var dyrbara fordon och allt för många hade försvunnit i djupet runt ön.

Vad gjorde han där egentligen? Det hade gubben rätt i. Lars hade funderat på det många gånger under resan och nu när han stod och tittade på ön mindes han hur han en gång för tio år sedan hade plockat upp en gammal söndagsbilaga, ett specialnummer om religion och annan vidskepelse. Han kom inte ihåg mycket av innehållet, men den svartvita bilden på framsidan hade han klippt ur och hade haft hängande på anslagstavlan under många år. Nu låg den prydligt hopvikt i hans anteckningsbok.

Det föreställde en flicka. Hennes ögon täcktes av ett par grova manshänder. I famnen hade hon en nallebjörn. Hon höll för ögonen på nallen, precis som någon höll händerna över hennes. Rubriken var "Hon tillber Befallaren". *Befallaren?* Det fanns inget mycket information om vad det var, vem det var eller hur det var – men sekten som artikeln handlade om leddes då av en viss Frederick Barstow-Koch, en man som några år senare föll ner från klipporna och aldrig sågs igen. Troligen var det en kristen sekt, men öborna hade alltid varit fåordiga och ingen utomstående visste säkert. Inga avhoppare fanns heller. Man föddes, levde och dog med församlingen och Befallaren. Lars undrade var flickan var nu, om hon fortfarande fanns på ön. Det gjorde hon säkert, ingen slapp därifrån. Hade hon gifts bort? Eller levde hon ett lyckligt liv? Hon kanske levde ett lyckligt liv även om hon blev bortgift. Har man inga andra referensramar fungerar det nog. Lars hade svårt att se lyckan i att bli kontrollerad, men hade man inget annat att gå efter kanske det var behagligt och tryggt.

Han hoppades få klarhet i vem Befallaren var. Om han togs emot på ön.

Klockan var nu knappt elva på förmiddagen och han hade redan blivit hungrig. Han bestämde sig för att inta ostsmörgåsen ensam på klipporna för att inte behöva ställa till med någon oro på ön.

Det var den tjugotredje september, en månad sedan han hade sagt upp sig från sitt jobb för att skriva en bok, en månad sedan han blev fri och kunde vara sin egen. Han hade levt snålt halvåret innan, sparat varenda slant för att kunna överleva till dess A-kassan började gälla, och under den tiden skulle han påbörja det som skulle ge honom en spark framåt i karriären. Att jobba på en lokaltidning i Östersund var inte det bästa, och han var trött på den cynism och konservatism som genomsyrade redaktionen. I flera år hade han lekt med tanken på att säga upp sig från jobbet, flytta ut ur den trivsamma men alltför trygga tvårumslägenheten för ett annat liv. "Lite korkat låter det allt" hade hans chef sagt, men hade sedan utan några problem skrivit under uppsägningen.

Det var ett tecken. Lars hörde inte hemma där.

Han plockade upp sin kikare, en lotterivinst från Brandkårens Dag, och hoppades att den skulle fungera lite bättre än vad den såg ut att göra. Plastig och svart såg den nästan ut som en leksak, men han blev förvånad över hur bra den fungerade trots allt. Nu kunde han se hur en smal väg slingrade sig upp längs med ön. *Flåklypa Grand Prix* virvlade förbi tankarna. Reodor Fälgen och hans hem uppe på Flåklypatoppen. Det såg farligt ut och han undrade för någon sekund om det alls gick att köra bil där. Fanns det några bilar på ön överhuvudtaget? Samtidigt såg han hur en flakmoped surrade nedför vägen för att möta den lilla båten som låg och väntade. Varor som skulle levereras kanske? En båt perfekt för gäster. Lars kastade ifrån sig resterna av smörgåsen och gasade iväg i bilen för att hinna ner till kajen innan båten var tillbaka. Där hade han sin chans att ta sig över till Loke, om det skulle kosta honom en förmögenhet. Försiktigt började han maka ner bilen längs med den kurviga grusvägen, ständigt parerande fordonet som ville dra ner honom i det steniga helvetet där nere.

Han hade inte kommit mer än ett femtiotal meter när den första haren dök upp. Han tryckte ner bromsen och undvek med någon decimeter tillgodo att störta ner i avgrunden, samtidigt som han svor för sig själv att man inte skulle göra på det sättet om man såg ett djur på vägen. Det var bara att köra på. Döda kallt.

Haren tittade på honom med sina tomma ögon och slickade sig om tänderna. Han tutade, men det enda som hände var att ytterligare harar hoppade ut på vägen och satte sig framför bilen.

"Vad fan ..." Han lade sig på tutan, men fler harar uppenbarade sig plötsligt från de steniga skuggorna och han kunde till slut räkna till trettio djur.

"Men herregud…", började han men svor inombords över att han använt ett sådant vidskepligt uttryck. Han klev ur bilen och tog upp en sten som han kastade mot den närmaste haren. Den sprang inte iväg, inget av djuren sprang iväg. Han kunde nästan svära på att den duckade för projektilen, som en människa! Sedan insåg han hur löjligt det var. Ett djur för satan, tänkte han och satte sig i bilen igen. Nu fick de flytta på sig eller bli överkörda.

Till en början rörde inte hararna på sig, men när bilen kom närmare och nästan snuddade vid den första haren började de långsamt krypa åt sidorna. Likt paddor, tryckta mot marken och med bakbenen åt varsitt håll. Lars fnissade åt den märkliga synen, men kände också ett djupt obehag. De var som om de inte ville att han skulle åka vidare, men inte heller ville dö för hans skull. Utanför sidofönstret kunde han se hur de tittade upp mot honom, och sedan, exakt samtidigt, skuttade de iväg åt sidorna och var som försvunna i den grå omgivningen.

"Oookej!" Han skrattade högt och gjorde en minnesanteckning om detta, samt svor att kameran låg nerpackad i bagaget. Ingen skulle tro honom, ingen alls.

Loke låg mörk och hotfull och blängde på honom, och han undrade om det var för att bryggan han nu stod på var tungan som barnsligt räcktes ut åt klumpedunsen där ute i havet.

Nere vid den illa omhändertagna kajen med sin spruckna betong och sitt ruttna trä, såg ön annorlunda ut. Mörkare, mer kompakt. Långt borta, dold av vattenmassorna, kunde han höra hur en motorbåt rosslade fram och snart kunde han se en liten figur som siktade in sig på bryggan. Båten var knappast stor, och han tänkte nästan strunta i det hela och åka till det varma vandrarhemmet han hade sett vid färjan, och glömma det hela. Men sedan såg han hur mannen i båten vinkade till honom och gestikulerade att han skulle ta emot tampen som han sträckte ut.

Lars båtvana var liten, men han tog tag i det tjocka repet och drog varsamt in båten till bryggan och hjälpte gubben i land. Båtmannen muttrade något som lät som ett tack och angjorde båten ordentligt och tittade sedan på Lars med en vänlig, men något bister min.

"Har du åkt vilse? Om så är fallet, vilket jag inte förstår, har du hamnat rejält fel! Det finns bara en väg ner och det är den du ska ta och sedan ..."

Lars hindrade honom och pekade ut mot Loke, men hann inte säga något innan gubben tog till orda igen.

"Skojar du? Det finns inget där! Du vill åka till Loke? Jag har precis varit där, men ja ... du vet, frugan väntar och man börjar bli lite hungrig."

Lars stod tyst och tittade på ön.

Gubben tvinnade det spretiga skägget och tittade upp från sina buskiga ögonbryn.

"Du är seriös?"

Lars nickade.

"Jag skulle vilja ut till ön ja, är det möjligt? Skulle du kunna köra mig dit? Jag kan betala ..."

Gubben viftade med den knotiga handen i hans ansikte och började vanka in mot land.

"Glöm det. Du har inget där att göra. Om du vill campa får du jättegärna göra det på min mark. Vi bjuder på frukost."

"Femhundra spänn."

Gubben stannade till och trampade runt lite på fläcken han stod på.

"Sexhundra. Inte ett öre mindre."

"Självklart."

Inombords svor Lars. Han hade hoppats på att hitta en sådan där god och hjärtlig lokalinvånare som skulle köra över honom gratis, eller i alla fall bara vilja ha femtio spänn för bensin eller något.

"Hade du kommit för en halvtimme sedan hade du fått åka gratis."

"Tack för att jag fick veta det nu ..." sade Lars till sig själv och gick tillbaka till bilen för att hämta sitt bagage. Gubben log brett mot honom och tände en cigarett som såg väldigt fuktig ut. Till Lars förvåning tog den eld ändå.

"Gumman har impregnerat pappret. Tobaken brinner i alla fall, vilket är huvudsaken."

"Jag tror inte det är giftigt."

Gubben skrockade.

Lars kastade ner sitt bagage i båten och hoppade ner på det hala trägolvet. Han kände hur skorna började glida och gjorde sig beredd på att det skulle göra ont. Spänn inte kroppen, var det sista han tänkte innan gubben tog tag i hans arm och fick honom i balans igen. Gubben visade sina gula tänder för honom i ett brett grin.

"Se upp så att du inte faller i. Vissa syns aldrig igen."

"Tack ... för omtanken."

Lars fick dåligt samvete för sin sarkasm, men gubben verkade inte ta åt sig utan drog igång motorn och slängde åt Lars en flytväst.

"Hoppas du inte lätt blir sjösjuk?"

Lars skakade på huvudet, väl medveten om att han lurade sig själv.

Några minuter senare flinade gubben åt Lars grågröna ansikte där han lutade sig över kanten och försökte hulka upp den lilla mat han tidigare fått i sig. Det kom ingenting och gubben slängde åt honom en smutsig trasa.

"Tack, det behövs inte."

"Det är för tårarna. Du grinar."

Det var saltet och blåsten. Lars blev generad och gnuggade bort vätan med baksidan av handen. Han ville inte smutsa ner ansiktet med trasan som uppenbarligen hade använts till att göra ren motorn allt för många gånger.

Färden över tog knappt tio minuter, kanske något mer på grund av de våldsamma kasten som båten utsattes för. Gubben bara log och verkade mysa över nöjet att få skrämma livet ur en dum turist. När de var framme vid bryggan tog han tag i Lars ryggsäck och hivade upp den på land.

"Varsågod och lycka till. Jag är tillbaka samma tid, samma plats i morgon."

Han tittade på klockan.

"Ungefär i alla fall. Håll dig i närheten."

Lars mumlade ett tack och försökte hoppa i land, men slutade med dyblöta skor och kalla fötter.

Snart var gubben ute till havs igen, han vinkade inte. Han såg sig inte ens om. Lars kollade snabbt på klockan och tittade sig sedan omkring efter vägen där flakmoppen hade åkt. Han såg den inte först, men bakom ett par större klippor började den slingra sig upp mot öns centrum. Han suckade djupt, krängde på sig ryggsäcken och vinkade symboliskt adjö till fastlandet.

Ön såg mycket högre ut när han befann sig på den. Han kunde se en flock svarta fåglar, antagligen silhuetter av sjömåsar, cirkla långt över honom och sedan in över ön och ut ur hans synfält. Stranden var också svart av de stenar havet slipat under åren, som om världen plötsligt blivit inverterad. Lars såg något i ögonvrån och rörelsen fick honom att hoppa till. Det stod någon och tittade på honom längre upp på vägen, en ung man. En yngling, med svart svallande hår, samiska anletsdrag och smala axlar. Ögonen syntes lång väg och de skarpt markerade läpparna formade ord till honom. Lars hajade till och gick framåt några steg. Den vackre ynglingen vände på sig och började lugnt vandra upp längst vägen.

”Du! Hallå?! Vänta …”

Ynglingen antingen ignorerade honom eller hörde honom inte på grund av avståndet, men Lars var tvungen att komma i kontakt med honom. Prata med honom, se honom djupt i ögonen. Lars hade aldrig sett en sådan vacker man förut. En sådan naturlig sexighet. Hjärtat bultade till och Lars var tvungen att stanna upp. Han hade småsprungit några meter, men kroppen var helt slut. Som om något eller någon hindrade honom att ta sig fram för fort.

Lars hade varit singel i ett år nu, låtit bli att ragga, inte ens haft sex för nöjes skull. Det senaste förhållandet hade avslutats på ett bra sätt och hade fungerat bra under åren innan, men han orkade inte med att behöva ta hänsyn till någon annan hela tiden. Hans kille hade tyckt samma sak och de hade skiljts åt som vänner. Nu kände han på samma sätt som när han hade sett sin före detta för första gången, en blandning av kärlek vid första ögonkastet och ett behov av att knulla.

"Vänta!"

Ynglingen rundade kurvan och försvann ur blickfånget. Lars kunde inte ta sig fram snabbare utan att duka under av andnöd. Han försökte andas lugnt, stannade till och lät kroppen hämta kraft. Bakom sig kunde han se hur fastlandet försvann allt mer i dimman och snart var det bara han och ön, och någonstans där ute även den unge mannen.

Han promenerade i nästan en halvtimme innan han såg bebyggelse, ett rostigt plåtskjul vid sidan av vägen. En liten lucka stod på glänt. Han kikade in och försökte se något bland dammet och skräpet, men det verkade inte ha varit använt på många år. Det hängde en liten skylt ovanför luckan och med nästan bortblekta bokstäver kunde han urskilja "TULLHUS". Han skrattade. Ytterst märkligt, men ett samhälle med stort kontrollbehov behövde uppenbarligen en tull för besökande.

Bakom honom började dimman klättra upp längs med vägen.

"Livsfarligt, man skulle lätt kunna kliva rakt ut över kanten", tänkte han högt och blickade framåt istället. Där var sikten fortfarande god. Han började närma sig. Tankarna gled iväg till ynglingen igen. Vad kan han ha varit? Nitton år? Tjugo år? Lars var inte den som vanligtvis brukade
ragga på någon i den åldern. Dessutom hade han sett

den fåniga gubbsjukan hos vissa av hans vänner. Men här … nej, han kunde inte skaka av sig de erotiska tankar som for igenom huvudet på honom. Han rodnade och försökte tänka på fotboll istället, det tråkigaste en människa kunde utsätta sig för. Tack och lov fungerade det. Erektionen som börjat växa gav efter och han kände sig mer avslappnad. *Det hade inte sett bra ut om jag klampade in i byn med ett vrålstånd!* Han skrattade högt åt tanken och gick vidare.

Förutom fåglarna i skyn ovanför verkade ön öde även om inte ens de, luftens råttor som han kallade dem, gjorde några ljud ifrån sig. För några sekunder undrade han varför de inte bosatte sig på Loke, men han hittade inget svar och gav upp.

Naturen var sparsmakad och torr, de träd som sköt upp ur marken var kraftigt missformade efter vindens piskor och grenarna såg ut att vilja krypa iväg längs med marken eller rakt upp i himlen. Det fanns nog knappast råttor på Loke, och de som skulle våga sig ut under öppen himmel skulle snabbt tas av vinden och föras ut på det öppna havet. Lars skulle inte vilja bo här, i alla fall inte en längre tid, trots den fantastiska utsikten och avskildheten från civilisationen Han var trött på ytliga människor och deras stress. Instinktivt kände han efter att laptoppen låg där den skulle och kände plötsligt en större entusiasm än tidigare, trots den ödsliga miljön. Det enda som störde honom, både positivt och negativt, var den unge mannen. Tankarna som tidigare var skarpa och iakttagande suddades nu ut av kroppar och lemmar, kyssar och smekningar. Lars skulle ha svårt att koncentrera sig med en sådan människa i närheten. Han kände sig desperat. Desperat och kåt, de två största svagheterna en människa kan ha.

Det skulle mörkna snart och han behövde skynda sig och hoppades att någon kunde erbjuda skydd över natten. Snart kunde han se mer bebyggelse Ett par takåsar som stack upp bakom klipporna, rök från en skorsten och någonstans där bakom ljudet av oroliga getter. De kanske kände på sig att han var på väg, en utomstående människa. Någon som inte hörde hemma där.

Det dröjde inte länge förrän någon gav sig till känna. En medelålders man, kanske närmare femtio än fyrtio, men det var svårt att avgöra på grund av hans väderbitna ansikte. Han höll upp handen som en hälsning och log ett svagt tandlöst grin. Lars höll upp handen och försökte avgöra om mannen var vänligt inställd eller ville ha bort honom. Till sin stora överraskning började mannen prata med en mjuk, tilltalande röst och hans blå ögon genomborrade Lars nervositet.

"Välkommen. Kan jag hjälpa till med något?"

Lars sträckte fram handen och den togs emot utan någon tveksamhet.

"Det är inte alltid vi får besök här ute."

"Ja du, det var mer en slump. Jag har hört om ön förut och ville åka hit. Fick lift med ..."

"... Kenneth ja? En bra man, lämnar oss i fred. Och med det menar jag inte att vi inte välkomnar dig. Kom med? Ska jag?"

Han nickade mot ryggsäcken, men Lars tackade nej. Han ville inte besvära någon.

"Hade du tänkt stanna över natten?"

"Jag har nog inga andra val, båten är inte tillbaka förrän i morgon."

"Sant, mycket sant. Vad heter du?"

"Lars, Lars Andersson."

"Kim"

"Det låter danskt?" Lars visste inte riktigt vad han skulle säga.

"Kanske det. Nu är vi framme!"

De rundade klipporna och då såg han början på pittoresk by med en nästan sagolik kullerstensgata, något som liknade ett större torg mellan husen och lummiga träd och blomstrande rabatter.

Lars häpnade. Han gapade och tittade på underverket.

"Men hur? Det är otrolig vackert ..."

Kim skrockade nöjt som om han varit beredd på hur Lars skulle reagera.

"Vi ligger högt upp och ön är varm i mitten, fråga mig inte hur, men det är såpass bördigt att det räcker och blir över. Vi har till och med ett värdshus."

"Ett värdshus?"

"Inte för att vi har några gäster, det ska erkännas, det används mest som samlingslokal. Fantastisk mat. Du borde vila lite, vi kommer att ha lite festligheter senare."

"Säger du att det finns rum ledigt så …"

Han blinkade åt Kim och skrattade tillbaka.

"Jag ska visa vägen."

"Var är alla? Väldigt folktomt."

Kim viftade med handen mot det motsatta hållet och tog uppe en pipa med den andra handen.

"De är på andra sidan och förbereder för festen. Snart kommer det krylla av folk här. Jag ska presentera dig för min fru. Här inne är det."

De hade stannat framför ett mysigt litet hus med två våningar och fönsterluckor. Som ett pepparkakshus.

Hoppas inte häxan är hemma, tänkte Lars och klev upp på farstubron.

"Kliv på bara, hälsa från Kim."

"Ska du inte följa med in?"

Kim skrockade och blinkade åt honom.

"Det är mycket som ska göras inför kvällen. Gå in bara".

Lars tackade och klev upp på farstun, men sedan tog nyfikenheten över.

"Ursäkta, men lever ni fortfarande efter Frederick Barstow-Koch läror?"

Kim vände sig om och pustade ut ett stort rökmoln.

"Det stämmer, du är påläst. Det är många år sedan han försvann, men hans ord har väglett oss genom åren. Mycket visdom i den mannen. Men det där är väldigt tråkigt att lyssna på för en utomstående! Vi är inte farliga av oss, tro mig!"

"Det betvivlar jag inte", skrattade Lars och tackade för sig. Det skulle bli skönt att få lägga sig ner en stund och kanske sova någon timme. Kroppen var trött av klättringen.

Kim vandrade iväg och Lars knackade på den bastanta dörren.

En äldre dam med gråstänkt hår vid namn Wendela, även hon med samma vänliga leende som Kim, tog emot och gav honom värdshusets finaste rum, det var vad hon påstod i alla fall.

Han hade försökt luska ut lite mer om ynglingen, kommenterade att han hade sett honom utefter vägen, men hon undvek frågan eller kanske hon helt enkelt inte förstod vad han pratade om. Rummet var inte allt för stort. Avlångt med en smal säng, sängbord, en pinnstol och en i väggen inbyggd garderob. En tunn dörr ledde in till det enkla badrummet. Ett kors hängde över sängen och en bibel låg på sängbordet. Jesus tittade ner på honom med tomma ögon och en intetsägande min, som i tusentals andra små rum världen över. Bordet var tillräckligt högt för att han skulle kunna sitta vid det och skriva med laptoppen ovanpå, precis lagom med utsikt genom fönstret. Han kunde skymta havet långt där borta, bortom träd och mörka buskar. Fjädrarna i sängen spjärnade först emot, men gav sedan efter. Det måste ha varit många år sedan någon låg i den bädden, men skönt var det och Lars njöt av de nytvättade sängkläderna. Han ställde alarmet på mobilen och sedan lät han sig omslutas av den stora dunkudden och det tjocka täcket.

Han vaknade långsamt. Det var mörkt i rummet, men utanför trodde han sig se skuggorna av en eld. Han drog sig några minuter, lyssnade på surret av människor och njöt av dunvärmen. Han hade sovit i tre timmar, inte illa. Men nu var det dags att vakna. Golvet var varmt, vilket han var tacksam för. Den tidigare mörka trädgården utanför fönstret var upplyst av färgglada lyktor och han kunde skymta bord och stolar mellan träden. Han anade större eldar, den fräna, svarta doften och det svaga knastrandet från ved som sprack av hettan. Det var därifrån folksurret kom. Han var hungrig och det kurrade tomt i magen. *Hoppas det bjuds på mat.*

Kamerabatteriet var nyladdat och han tog på sig ett par jeans och en ren skjorta som inte hade den där fräna svettlukten efter strapatserna tidigare. Det fanns ingen spegel i rummet, men han kunde ana sin reflektion i fönstret och han trodde att han såg anständig ut.

Han tog med sig sitt anteckningsblock och tittade snabbt på flickan. Skulle han känna igen henne efter alla dessa år? När kunde bilden ha tagits? Tidigt åttiotal? Mitten av åttiotalet? Det var svårt att säga på grund av att kläderna inte passade in i något decennium.

Nere i hallen minglade folk, unga som gamla. Alla såg lyckliga ut, glada. Många leenden. Kim gled fram ur en klunga och strålade ikapp med sjömanskavajens putsade knappar.

"Vad trevligt att se dig! Har du sovit gott?"

Lars tittade sig omkring på festligheterna, de mörkbruna väggarna som var prydda med ålderdomliga girlanger och teckningar.

"Du, jag kunde inte ha sovit bättre. Vad är det som händer ikväll?"

"Jag tänkte låta dig upptäcka det själv. Men jag kan berätta att det är en årlig tradition vi har för att förnya vårt lilla samhälle. Ge oss energi och lycka. En spännande kväll för oss alla."

"Det är ingen som har någonting emot att jag tar bilder?"

"Nej, fotografera på du bara." Sedan bugade han sig och var borta, försvunnen bland människorna igen.

Det fanns fler människor än Lars hade anat på ön. Det kändes som tusentals, men det berodde nog på att det var trångt mellan husen och byn var väldigt liten i omfång. Gatorna var som rännor mellan husen och han var tvungen att gå sidledes för att ta sig fram. Alla han mötte, och det var många, hälsade honom välkommen.

Det var inte förrän han var framme vid torget som han insåg att någon följde efter honom. Lars kunde skymta vita, lätta kläder och de där mörka ögonen som skar i hans hjärta.

När han vände sig om såg han hur ynglingen stod lutad mot en vägg och granskade honom från topp till tå. Lars rodnade, men vände sedan tillbaka. Den unge mannen log brett mot honom och försvann in bakom husknuten.

"Ha!" Lars häpnade. Den här killen ville leka.

Bakom honom hade byborna ställt upp bord och stolar runt den runda scenen som stod mitt på torget. Eldar brann och en enkel orkester spelade en melankolisk sång med falskt klingande toner. Lars hade inte tid med det. Han ville prata med ynglingen. Han ville hålla om honom, kyssa honom hårt, låta händerna smeka hans kropp ...

Han var borta. Lars var vilse, han kände inte igen sig. Det var som om gränden bakom honom hade slukats av väggarna och istället var där bara mörker. Han följde den lilla kullerstensgatan och kunde långt där framme höra ett eko av ynglingens fotsteg.

"Hallå! Stanna."

Stegen stannade till för ett ögonblick, men fortsatte sedan lite snabbare. Lars skyndade efter, förbi stängda fönsterluckor och kalla hus. Det kändes som om han stod still och att gatorna rörde sig åt honom, som ett primitivt datorspel. Han flög fram utan att känna marken under kängorna, benen var starka igen trots den långa vandringen uppför ön och kroppen lätt som om den vore gjord av frigolit.

Sedan var han tillbaka vid torget igen. Ynglingen stod vänd mot honom och lockade honom med sina stora ögon. Den mörka luggen föll ner över hans panna och pekade mot en stor leende mun. Den viskade något, grabben viskade något.

De stod en bra bit från varandra men ändå kunde Lars höra hans ord.

"Ta mig."

Samma ord som grabben hade viskat nere vid vattnet, där Lars först såg honom. Nu förstod han det.

Lars blev generad, men gick mot viskaren som sträckte ut sin hand.

"Kom nu. Ta mig. Härifrån."

Vem vill härifrån? tänkte Lars och tvekade.

Snubblade klumpigt på kullerstenen och tappade för ett ögonblick ynglingens vackra leende ur sikte. Han tog emot sig med knät och reste sig upp igen, borstade av byxorna och låtsades som om det inte gjorde ont.

"Kom då!"

Lars hoppade till. Ynglingen tittade ner på honom och lade sin spröda hand på hans axel.

"Vi uppskattar nyfikna män här. Män som vill utforska. Vill du utforska mig?"

Lars skrattade nervöst.

"Alltså, jo ..."

"Kom då."

Den unge mannen tog hans hand och ledde honom mot torget.

"Är du säker ...? Lars såg att alla på torget verkade stå vända mot honom. En kvinna lät sin tunga spela över läpparna, som för att väta den torra huden. Hon kved och föll nästan ihop innan en storväxt man bredvid tog emot henne och höll henne hårt om axlarna. Han viskade något till henne, men Lars kunde inte höra längre.

"Jag är säker. Kom nu!" Ynglingen tog tag i hans andra hand och snurrade runt med honom, ut på torget och den stora öppna yta som nu hade bildats. Runt omkring stod byborna, tysta. Det var som om man kunde höra deras andetag, som upphetsade hundar bakom en låst dörr. De ville hälsa, de ville fram till honom. Något höll dem tillbaka.

"Det är inget farligt. Bara lokala traditioner. Vi ska inviga festligheterna."

Han såg Lars i ögonen och log igen. Lars kände sig lugnare.

De kom fram till ett träpodium, enkelt utsmyckat med blomkransar. Det var där orkestern hade stått förut, men de var försvunna tillsammans med sina instrument.

"Ingen mer musik ikväll?" frågade Lars och vägde foten mot den lilla trappan som ledde upp mot scenen. Den gav till ett gnälligt kvidande, men verkade hålla för honom. Han var säkert tjugo kilo tyngre än sin kavaljer, även om det mesta var muskler och resultatet av ett aktivt och hälsosamt liv.

"Då var vi framme. Älskar du mig?"

Lars blev förvånad och började stamma.

"Eeh. Du är väldigt attraktiv, väldigt sexig. Men jag kan inte svara på om jag älskar dig."

"Vill du ligga med mig?"

"Nu, här?!" Lars skrattade högt och slog ihop händerna i något som måste ha sett ut som en enfaldig applåd. Han tittade sig omkring och kunde inte sluta skratta.

Ynglingen svarade inte, han fortsatte bara att borra sin blick in i Lars.

"Nej alltså, nej. Inte här."

Lars harklade sig och försökte verka oberörd, kall. Ögonen han mötte var mörkare nu, som hos en haj. Ett rovdjur.

"Jag är ledsen, men ..."

Ynglingen tog hans händer och förde dem mot sitt bröst. Lars ryggade tillbaka men tog inte bort händerna. Han kände former därunder, som kvinnobröst. De växte under skjortan, blev större och varmare. Häpet tittade han upp på ett ansikte som långsamt blev mer feminint, som förlorade en del av sin kantighet. Han kände hur den unge mannen framför honom långsamt blev en kvinna, men rösten var densamma när han började tala igen.

"Vi har väntat på dig, Lars. Väntat på dig i många, många år. Den enda anledningen till att vi lät den där korkade journalisten komma ut till vår ö var för din skull. Att du skulle läsa det. Du har väl artikeln alltid med dig? Du känner dig dragen till oss."

"Men vem är du, ni ..."

Lars ville släppa taget om brösten, men det var som om sylvassa fiskekrokar höll honom kvar. Han kunde känna hur de rostiga donen naglade sig fast i hans skinn. Men han kunde inte skrika.

"Du har en bild på mig."

Det började snurra kring honom när han nu kände igen ansiktet. Ögonen hade han aldrig sett, men detta var flickan på bilden! Som vuxen man ... eller kvinna.

"Kön är oviktigt för oss, det är kärleken som är viktigast."

"Men ..." Lars snubblade på orden och tittade bara på medan varelsen framför honom varsamt gled mellan man och kvinna. Han kunde ana något djuriskt, utomjordiskt, i ögonen. Något som inte hörde hemma i denna värld. Det var som om värld efter värld öppnade sig i de nu svarta ögonen. Eoner av historia och liv, tusen år av civilisationer bakåt och framåt i tiden. Lars tappade nästan balansen av insikten han fick och knäna kändes svaga.

"Sätt dig ner."

Han gjorde som ynglingen sade och nu kunde han lossa sina händer från den mjuka kroppen. Var det inbillning eller gjorde hans händer avtryck rakt genom tyget, på huden? Det gick en våg över kroppen han nyss hade rört vid och ynglingen stod där igen precis som när han sett honom nere vid vattnet.

"Jag älskar dig. Som man eller kvinna. Älskar du mig?"

Lars tryckte händerna mot tinningarna och lade sig ner på rygg, rullade runt på sidan och såg återigen hur byborna tittade på honom. Han kastade sig våldsamt upp på fötter och började skrika åt publiken.

"Försvinn! Titta inte! Vad fan vill ni?!"

Marken skakade till. Samtidigt vred sig publikens ansikten mot en plats bortanför honom.

"Helvete!"

Ynglingen kramade om honom bakifrån och viskade ord i hans öra, söta och vackra ord som han aldrig hört förut. Han kände hur en behaglig känsla, gåshud, lade sig som en kroppsvarm filt över honom. Lugnade ner hans sinne och fick honom att sluta oroa sig.

"Nu kommer han. Du måste titta."

"Vem?" sluddrade Lars och lät sig bli omfamnad av något som han upplevde som ren kärlek.

"Frederick Barstow-Koch."

"Barstow …"

Deras gamle ledare vars kropp hade slukats av havet för många år sedan.

Från ett mörkt hörn på torget uppenbarade sig ett vidunder. Huden var vitblek och fuktig, mörkblåa ådror forsade fram över den massiva kroppen som de uttorkade floderna på Mars. Ögonen var små svarta pärlor i mitten av en Pinctadamussla. Fingrarna långa och tunna likt ålar, blanka av slem. Hans kläder var sedan länge bortruttnade och mellan de hukande benen hängde könsorganet, det släpade nästan i marken.

Antydningar till en gång i tiden stora och fylliga bröst prydde bålen, nu hängde de bara som våta plastkassar.

Barstow-Koch tittade ner på dem och en stark doft av surt hav slog mot deras ansikten. Ynglingen log.

"Lykke, tar du denna man att älska i tusen år?"

När Barstow-Koch talade lät det som ett åskväder, avgrundsdjupt och mullrande. Lars inbillade sig att marken vibrerade av ljudet.

Lykke nickade och tittade varmt på Lars.

"Jag blir det du vill att jag ska vara. I tusen år."

Det var som om Lars kom ut ur garderoben en andra gång. Vad hade han att återvända till? Förutom ett trist liv, ett trist sökande efter mening.

"I tusen år, här på ön?" Han röst kändes matt och tungan var som en degklump i munnen på honom.

"Här på ön. I vårt hus."

Det var där det slog honom, i en situation som inte längre var skrämmande, att han kanske hade funnit sin plats. Detta var livet han sökt efter, även om han aldrig tidigare hade kunnat formulera det i ord eller känslor.

"Jag älskar dig."

Han älskade faktiskt Lykke. Känslan var stark, den kom direkt från magen, från det innersta av hans själ och hjärtat slog några extra slag inför denna insikt.

Barstow-Koch, monstret eller guden, verkade nöjd med svaret och vände sin enorma och tunga kropp och släpade sig ut från torget i tystnad.

Lykke och Lars kysste varandra. Först ömt, men sedan hårdare och intensivare. Musiken startade och byborna började prata och skratta högt. Doften av nylagad mat svävade fram över torget, doften av ett hem.